Là où leurs mains se tiennent

Rue des Promenades

Là où leurs mains se tiennent

Grégory Nicolas

À Éole,
Sans qui

Avec l'amour maternel, la vie vous fait
à l'aube une promesse qu'elle ne tient jamais. On est
obligé ensuite de manger froid jusqu'à la fin de ses
jours. Après cela, chaque fois qu'une femme vous
prend dans ses bras et vous serre sur son cœur,
ce ne sont plus que des condoléances.

Romain Gary, la Promesse de l'aube

PROLOGUE

C'est drôlement triste de mourir. Il est courant de mourir dans une chambre d'hôpital. Isabelle n'y échappe pas. Elle meurt dans une chambre d'hôpital et puis voilà. Sa mère vient tout juste d'être prévenue. Elle est effondrée, pensez donc.
Isabelle n'est pas venue à l'hôpital sans raison. Elle est venue pour donner la vie à un enfant. C'est un beau paradoxe de quitter la vie en la donnant. C'est un peu l'esprit de contradiction poussé à l'extrême. Les médecins, les sages-femmes, les infirmières n'y sont pour rien. Ils ont tout fait pour éviter qu'Isabelle ne meure dans la chambre d'hôpital. Ils ont tellement tout tenté et avec tellement de hargne qu'ils lui ont brisé une dent en l'intubant. Elle est morte et c'est comme ça. Il y a des fois, c'est comme ça. Malgré tout, les gens diront que c'est tout de même incroyable de passer en un instant de la vie à la mort. Belle réflexion, originale par-dessus le marché, penseront les cyniques. C'est un peu vrai. Isabelle est sur un lit d'hôpital. Une gentille dame qui a le sourire pose son enfant sur sa poitrine de maman. Isabelle est fatiguée. Elle a les cheveux sales. Elle croise le regard vague de son bébé. Elle n'ose pas vraiment le toucher. Elle pense surtout

qu'il faut faire attention à la fontanelle. La fontanelle, Isabelle doit faire attention à la fontanelle.
Et c'est les larmes, mais alors les larmes ! C'est tout à fait légitime de pleurer lorsque l'on voit son enfant pour la première fois. Enfin quand même. Un torrent de larmes, quand même. Isabelle doit bien être capable de se maîtriser un tant soit peu.
Et après, que se passe-t-il ? C'est comme une crise de nerfs. Isabelle ne contrôle rien. Mais vraiment rien. Rien du tout. Alors, Isabelle panique, forcément. Une infirmière lui retire le bébé des mains et une sage-femme coupe le cordon ombilical à la hâte car de quoi est-elle capable maintenant, Isabelle, puisqu'elle ne contrôle plus rien ?
Finalement, elle devient toute bleue, elle commence à s'étouffer, elle panique encore plus. C'est un cercle vicieux en somme. Et puis, à force de s'étouffer, elle manque d'oxygène. Et puis, elle fait un arrêt cardiaque. Et puis, on n'arrive pas à la réanimer.
Et voilà. Isabelle est morte et c'est drôlement triste.

Cinquante

I

Patrick Moisan souffla trois fois. C'était la rentrée scolaire et la salle allait être bondée. Malgré les protestations du syndicat enseignant minoritaire dont il était le représentant dans l'établissement, c'étaient pas moins de 37 élèves de terminale qui l'attendaient derrière cette porte. Allaient-ils s'intéresser à l'histoire-géographie ? On verrait bien.

Patrick Moisan était de ceux qui savent que la réussite d'une année scolaire se joue dans les premières minutes de la première heure de classe. Quand chacun pose ses pions et se place dans un rapport de force qui n'a que peu de chances d'évoluer au cours de l'année. Aussi, il se faisait un point d'honneur de faire une première entrée théâtrale. La mine grave, la mâchoire serrée. *Toujours paraître dur les premiers jours pour mieux lâcher du lest ensuite,* pensait-il.

C'était un homme gros, à l'air aimable. Ce jour-là, il portait une veste en tweed beige, agrémentée de pièces en simili cuir aux coudes, un jean mal coupé, et une chemise unie bleu pâle. Son visage rond reposait sur un cou robuste dissimulé derrière un léger double menton. Enfin, Patrick Moisan était chauve.

Cette calvitie était le premier héritage que l'on transmettait à son fils, chez les Moisan. Une sorte de don. La venue de photographes en pays bigouden, au cours de la seconde moitié du XIXe siècle, témoigne de sa présence dans cette famille depuis au moins cinq générations. Il faut admettre qu'elle n'avait jamais fait la fierté de ses possesseurs. Pourtant, Pierre Moisan, Henri Moisan, Joseph Moisan (dit Job) et Jakez Moisan, les aïeuls chauves de Patrick, l'avaient toujours portée avec nonchalance. Pour lui, c'était différent.

L'arrivée en masse des feuilletons américains avait sans doute eut son importance dans le rejet que Patrick Moisan éprouvait à voir le sommet de son crâne sans le moindre cheveu. Peu à peu, ce rejet s'était transformé en une obsession. Une obsession qu'il nourrissait inconsciemment en reluquant d'une manière quasi compulsive, presque maniaque, ce qui se faisait de mieux en termes de « brushing californien ». Face à la tentation de la moumoute et autres toupets, il avait tenu bon. Cherchant malgré tout une solution, il avait fini par établir une stratégie efficace, proche de la fourberie. Comme une politique d'endiguement *(containment policy)* de la tonsure. Dans cette optique, il se servait d'une mèche qu'il avait

« laissée pousser » du côté droit. Cette mèche, qui atteignait les vingt centimètres et possédait la largeur d'un serre-tête de jeune fille, était replacée habilement, avec la complicité d'une laque bon marché, sur le haut de sa tête en direction de la gauche, lui donnant l'illusion d'avoir une chevelure épanouie.

Moisan entra. Le silence se fit. Pour peu de temps. On riait.
« Bonjour à toutes et à tous. » Il referma la porte, s'approcha de son bureau et y posa son sac. « Bien, je vois que la rentrée vous ravit et que la perspective du baccalauréat, dans moins de neuf mois, je vous le rappelle, est propice aux éclats de rire. Pourtant, le nombre incroyable d'élèves dans cette classe me fait craindre le pire quant à vos résultats futurs. Mais croyez bien, mes enfants, qu'avec du travail, de la méthode et surtout, de la rigueur, vous parviendrez à atteindre vos objectifs. Maintenant, silence ! Je me présente… »

Le vent, qui soufflait plein ouest en ce charmant matin de septembre, avait vaincu sans péril et sans gloire la laque appliquée un peu plus tôt par Patrick Moisan sur ses cheveux. La mèche avait basculé. Oh oui, elle avait basculé ! Elle pendait, comme une vulgaire couette trop fine, entre son oreille et sa joue. Et Patrick Moisan l'ignorait. Il était le petit chat que l'on va noyer sournoisement dans un sac en plastique, au fond d'une bassine bleue, et qui ne sait rien du drame qui se joue. Cette mèche, qui l'avait si longtemps protégé, cette mèche qu'il choyait et dont il s'occupait méticuleusement, dont il entretenait jalousement la longueur afin qu'elle retombât parfaitement de l'autre côté de sa tête, à la commissure de l'oreille gauche et du crâne, voilà qu'elle avait chuté, et frôlait maintenant son épaule, laissant l'endroit désespérément glabre.

Patrick Moisan se saisit d'une craie pour écrire son nom au tableau. Pour cela, il effectua un mouvement rotatif. C'était un geste d'une grande amplitude, gracieux même. C'est à ce moment précis qu'elle l'effleura. La mèche l'effleura ! Elle le toucha à la jointure du visage et de la narine. Il comprit pourquoi ses élèves riaient.

Sa main se crispa sur sa craie et son visage se gorgea de sang. Il se sentait nu. Nu face à cette classe surchargée. Il commença malgré tout à écrire son nom sur le tableau noir, obsédé par cette mèche dont il ne savait que faire.

La laisser dans cette position signifierait la poursuite

des rires étouffés et la perte de son autorité pour le restant de l'année, avec tout ce que cela impliquait : ralentissement dans la progression des programmes, baisse des résultats, énervement, hausse du ton de la voix, maux de gorge répétés, transpiration plus importante, frais de teinturier en augmentation et au final un effondrement complet de sa réputation.

Remettre la mèche sur le dessus de son crâne nécessitait un matériel adéquat. Sans peigne et sans laque, cela paraissait illusoire. Le problème était sans solution. Il lui fallait pourtant en trouver une avant de se retourner vers les élèves. Patrick Moisan pensa à une échappatoire alors qu'il finissait d'écrire la première syllabe de ce nom qu'il trouvait aujourd'hui si court. Mais, craignant la réaction de son auditoire, il hésitait.

À la dernière lettre, acculé, il se résolut à un véritable coup de poker. Il posa la craie. Lentement, il commença à se retourner vers la gauche. Son index et son majeur se saisirent de sa mèche et la glissèrent de manière astucieuse derrière le pavillon de son oreille.

Mais la mèche pendouillant désormais derrière son oreille ne fit qu'augmenter encore son ridicule. Il faisait face à la classe maintenant. Les rires des jeunes, qu'il recevait en rafales, étaient comme mille aiguilles qui s'enfonçaient dans ses tympans. Surtout, il y avait leurs yeux fourbes et emplis de vice qui l'exécutaient. Sans moyen honorable de sortir de cette situation affligeante, avec l'autorité de toute une année perdue en une seconde, Patrick Moisan prit pourtant le parti de continuer comme si de rien n'était. Il était un enseignant, que diable ! Il en avait vu d'autres ! Il ferait face !

Les premières sueurs froides apparurent sur son front. Sa glotte remonta dans sa gorge tandis qu'il tentait d'avaler sa salive, ses pupilles se dilatèrent. Ses jambes ne le maintenaient plus. Le bâton de craie s'échappa de sa main et il s'écroula. Son visage frappa lourdement le sol, suivi de sa mèche. Les rires cessèrent au moment où les élèves aperçurent du sang sur le parquet.

Deux professeurs des classes mitoyennes, alertés par les élèves, arrivèrent rapidement et, après deux gifles plus sonores qu'efficaces, l'aidèrent à se relever. Ils le conduisirent jusqu'à l'infirmerie, toute proche.

Isabelle, la nouvelle infirmière de l'établissement, se chargea du professeur qui grommelait des choses inaudibles. Des élèves qui passaient dans

le couloir avaient cependant cru déceler, derrière ses éructations, les mots suivants : « Les p'tits connards, les p'tits connards, les p'tits... »
En pénétrant dans la pièce, Patrick refit un malaise. Isabelle réussit malgré tout à l'allonger sur le lit. Elle lui apposa une compresse sur le front afin de stopper l'hémorragie et composa le numéro de téléphone des pompiers.
Pendant le quart d'heure qui suivit, Patrick Moisan découvrit à quel point une femme pouvait être maternelle. Elle était aux petits soins pour lui, et douce. Elle le rassurait et lui demandait comment il se sentait. Il n'avait pas encore totalement recouvré ses esprits, si bien qu'il ne parvenait pas à lui répondre clairement. Cependant il observait, avec toute l'attention qu'il lui restait, cette jeune femme de vingt ans plus jeune. Il avait les yeux mi-clos et son cou le faisait horriblement souffrir. Pourtant, il tentait de profiter des moindres mouvements que voulait bien lui offrir cet ange. Il tombait amoureux. C'était une chose simple.
Soudain, avec toute l'élégance des années trente, il lui annonça, superbe :
« Mademoiselle, je vous aime.
– C'est bien gentil, merci. »
Pareil à Moïse ouvrant la mer Rouge sous les traits

de Charlton Heston, Patrick Moisan venait, lui, d'ouvrir son cœur. Et elle lui répondait que c'était « bien gentil, merci ». Rendez-vous compte ! « C'est bien gentil, merci ! » A-t-on déjà entendu, dans toute l'histoire de l'humanité, plus belle réponse d'une femme à un homme ?
Le reste de conscience de Patrick Moisan commença à les imaginer tous les deux à Deauville. Dans la douceur d'un chabadabada, se tenant l'un l'autre le bras, il serait son Jean-Louis Trintignant et elle serait sa Jeanne Moreau (il mélangeait certainement avec *Jules et Jim*, mais passons). Enfin, il reposa sa tête contre l'oreiller de son lit. Une larme se mêla au sang séché sur sa joue et il perdit connaissance.

II

Huit jours d'arrêt maladie et une lettre de démission adressée au recteur d'académie plus tard, Patrick Moisan toqua à la porte de l'infirmerie. Il avait, cette fois, soigneusement plaqué sa mèche. Il portait cravate, chemisette et mocassins à glands flambant neufs. Il était beau comme un pape, Patrick Moisan. Isabelle ouvrit et se retrouva nez à nez avec ce que les professionnels du secteur appellent « une grande composition florale ». Dominée par les roses rouges et blanches, elle était du plus bel effet. Au sourire de Moisan – appelons-le Patrick – répondit celui d'Isabelle.

« Bonjour, j'espère que je ne vous dérange pas. Je voulais simplement vous remercier pour tout ce que vous avez fait pour moi la semaine dernière. »

De l'index, il montra la bosse sur le sommet de son front.

« Je vous en prie, c'est bien normal, mais laissez-moi vous débarrasser. »

Elle se saisit du bouquet.

« C'est bien peu…

– Non vraiment, c'est très gentil, monsieur Moisan. »

Dents blanches bien en avant :

« Appelez-moi Patrick. S'il vous plaît.
– Merci, Patrick. Je vous offrirais un verre avec grand plaisir, mais vous comprenez qu'ici c'est assez difficile. »
Patrick ne pouvait rêver d'une plus belle occasion. Il se précipita :
« Accepteriez-vous de venir dîner avec moi ? Mardi, par exemple ?
– Mardi non, je suis prise, mais pourquoi pas ce soir ? »
De petits picotements envahirent le corps de Patrick, il ne se rappelait pas avoir connu plus grande joie. Il bafouilla, se reprit, et lui demanda son numéro de téléphone et son adresse. De retour dans sa voiture, il attrapa le volant noir des deux mains. Il poussa un soupir dans lequel se mêlaient soulagement et euphorie.
À dix-neuf heures trente précises, la Citroën CX 2,5 litres diesel se gara rue des Augustins. Il n'eut pas le temps de descendre de la voiture. Isabelle ouvrit la porte et s'y engouffra. Elle s'assit sur le siège. Aucun mot ne réussissait à sortir de la bouche de Patrick. Il démarra la CX qui, joie des suspensions hydrauliques, s'éleva dans les airs. Il enclencha la première, puis la seconde, qui craqua, et traversa la ville.
Il conduisit Isabelle dans une pizzeria. Cela lui

paraissait être le lieu idéal pour un premier rendez-vous. Il pensait que le pourpre de la moquette murale conférerait une atmosphère à la fois rassurante et sensuelle. Sans compter les nombreux posters encadrés vantant les splendeurs de l'Italie qui n'étaient ni plus ni moins qu'une invitation au voyage, et donc à la nouveauté. Romantique, il glissa la chaise derrière Isabelle. Il la pria de l'excuser et alla se laver les mains.

Devant le miroir, l'œil menaçant en direction de son reflet :
« Allez, mon Patrick, c'est rien par rapport à l'agrèg' ! C'est rien. Du calme. Ne sois pas lourd. Sois drôle, mon Patrick, sois drôle.
– Elle a déjà accepté de venir… c'est déjà pas mal, c'est même bien, c'est même très bien. Ça va aller ! Respire. »
Il se regarda avec attention, se sentit autant en confiance que le jour de l'agrégation, où il fut recalé, et se donna deux petites gifles qui lui donnèrent un teint encore un tout petit peu plus rouge qu'à l'accoutumée.

Il se rassit. Le serveur, qui n'avait pas dû voir l'Italie depuis longtemps, mais qui mettait un point d'honneur à se faire appeler Mario, en dépit d'un fort accent du centre Bretagne, prit la commande. Patrick se laissa tenter par une Quatre Saisons, Isabelle commanda une Calzone et, signe d'une personnalité affirmée, elle demanda à ce qu'elle soit dépliée. Mario proposa quelques *antipasti* pour patienter. C'était une chic idée.

Sitôt les artichauts marinés achevés, Patrick évoqua ses projets pour l'avenir. Comme près de 47 % des enseignants démissionnaires, il parlait d'ouvrir des chambres d'hôtes, peut-être en Vendée. Il évoqua également la possibilité de revendre sa Citroën CX 2,5 litres diesel pour une voiture plus modeste, du type 104 ou Super 5. Enfin, cela dépendrait surtout de ce satané problème de joint de culasse.

Isabelle fut parfaite. Souriante et gracieuse, elle riait à ses blagues. Elle allait souvent dans son sens mais affirmait aussi ses convictions personnelles. Patrick, lui, n'avait pas été aussi drôle depuis 1971. Il ne lui coupa pas une seule fois la parole et il ne parla pas trop fort.

C'est au moment du dessert qu'enfin il osa. Pour tout dire, il n'avait pensé qu'à cela durant tout le repas. Il avait fébrilement guetté le moindre geste, ou une attitude, qui lui aurait permis de le renforcer dans son audace. Mais Isabelle n'en avait

objectivement fourni aucun. Certes, elle avait été divine durant tout le dîner, mais de là à oser...
Et pourtant, comme une folie, il posa sa main tremblante sur celle de l'infirmière. Et celle-ci lui répondit par un sourire.
Il était touchant, Patrick. Il avait cette façon de ne jamais détourner son regard du visage d'Isabelle. Cela la troublait.
Elle n'avait jamais eu de relation avec un homme plus âgé. Lorsqu'il avait pénétré, chancelant, dans l'infirmerie, ce n'était pas la première fois qu'elle le voyait. La veille, lors de la réunion de prérentrée, alors qu'elle observait les enseignants, elle l'avait vu rire avec d'autres professeurs. Lorsqu'il avait pris la parole au nom de son syndicat devant une centaine de personnes, elle avait été fascinée par son aisance. Elle avait alors pensé que c'était le genre d'homme à qui tout réussit. Elle voyait en lui bien plus qu'un professeur d'histoire en surpoids avec une mèche étrange. Son arrivée, le lendemain, faible et vulnérable, l'avait d'abord étonnée. Puis, cela l'avait bouleversée, elle y voyait une terrible injustice. Enfin, cela l'avait attendri. Patrick n'était pas le genre d'homme à qui tout réussit.
Mario apporta l'addition, Patrick s'en saisit. Isabelle n'insista pas pour la payer ou même la partager.

Plus tard, dans la douce humidité d'une nuit de septembre, quelque part en Bretagne, la CX 2,5 litres diesel s'arrêta pour la deuxième fois de la journée rue des Augustins. Isabelle ne l'invita pas à monter, mais elle fit bien mieux en prenant l'initiative de l'embrasser, et avec la langue qui plus est. Elle sortit de la voiture.

Patrick rentra dans son appartement. Il posa inconsciemment sa veste sur une chaise. Il s'allongea sur son canapé, croisa ses bras derrière la tête et contempla le plafond. Il remarqua que la peinture commençait à s'écailler aux abords du lustre, mais cela n'avait pas d'importance.
Patrick souriait.

III

Il appela Isabelle le lendemain vers dix-sept heures pour l'inviter à un vernissage le mardi suivant. Il pensait bien que ce serait un événement plutôt ennuyeux. Mais, après tout, ne faut-il pas toujours montrer que nos amis sont des personnes cultivées et qui s'intéressent au monde ?
« Désolée, mais mardi, je ne peux pas. »
Patrick était dépité.
« Tu fais quoi ce soir ? » demanda-t-elle.
Patrick fut surpris, alors il bafouilla :
« Ah, on se dit "tu" ? Heu... je veux dire, rien en particulier.
– Tu viens dîner chez moi ?
– Oui, bien sûr. Ce serait formidable.
– O.K. Alors à vingt heures. Bisous. »
La conversation n'avait duré que quelques secondes. Il raccrocha le combiné orange et sentit son corps se remplir d'allégresse.

L. Is for the way you look at me
O. Is for the only one I've seen
V. Is very, very extraordinary
E. Is even more than anyone that you adore can...

La belle chanson de Nat King Cole résonnait dans tout l'appartement de Patrick, qui tentait de suivre le refrain en chantant très fort la fin de chaque strophe, avec son mauvais accent anglais. Il traversait l'appartement en tous sens en esquissant quelques pas de danse. Il se dirigea vers la salle de bains pour prendre une douche. Il posa sur le valet un Levi's 501, une chemise propre, et se déshabilla.

Il s'arrêta net devant le grand miroir.

Il demeurait là, fixe, face à lui-même, un slip blanc de navrante qualité autour de la taille et une paire de chaussettes noires remontées à mi-mollet. Pendant une trentaine de secondes, il s'observa des pieds à la tête.

Dans l'appartement, Ray Charles chantait *Georgia on my Mind.*

Patrick ouvrit brusquement un tiroir et fouilla avec frénésie. Il en retira une paire de ciseaux. Son regard était vide. Il avait les yeux d'un dément. Il voyait dans son image l'ennemi qu'il avait, durant tant d'années, refusé obstinément d'affronter. Aujourd'hui, il décidait enfin de le combattre.

Il avala sa salive, se toucha le haut du crâne et brandit les ciseaux au-dessus de sa tête. À ce moment, Mohamed Ali est une fillette, comparé à Patrick.

Pourtant, il hésita un instant. Quelque part, Pierre Moisan, Henri Moisan, Joseph Moisan (dit Job) et Jakez Moisan observaient la scène avec attention. Patrick ferma les yeux. Dans un mouvement puissant, mais précis, il fit claquer entre elles les deux lames. En ouvrant les yeux, il mesura instantanément la portée de son geste. C'était fini. Bien fini. Lentement, il desserra son poing, et observa d'un regard attendri sa mèche, reposant dans sa paume, pour la dernière fois.
Bien décidé à devenir un homme nouveau, il la jeta à la poubelle.

IV

Il toqua à la porte. Isabelle l'accueillit avec un sourire et s'empara du bouquet qu'il lui tendait. Patrick ne savait s'il devait l'embrasser ou non. Cela l'avait beaucoup perturbé dans la voiture. Lui faire la bise aurait pu paraître étrange après le baiser de la veille, mais peut-être ne fallait-il pas brusquer les choses. Surtout, il craignait que ce soit elle qui tende la joue au moment où lui tenterait de l'embrasser sur la bouche. En tout cas, pensa Patrick, il n'était pas question qu'ils se serrent la main. C'était déjà ça.

Elle évacua le problème immédiatement en collant sa bouche contre la sienne.

« Bonne journée ? »

Ils se mirent à table et se régalèrent d'un bœuf bourguignon. Patrick avait apporté un Morgon de chez Marcel Lapierre. Patrick avait du goût.

À la fin du repas, Isabelle se dirigea vers la chaîne Hi-Fi Marantz qu'elle venait de s'offrir. Pas peu fière de son achat, elle expliqua à Patrick que l'appareil était *autoreverse.* Patrick ignorait ce que cela signifiait, mais il la gratifia d'un « Ah, bon ? » plein d'admiration.

Elle y plaça la cassette de l'album *Amoureuse,* de

Véronique Sanson, qui lança de sa voix chaude un long et délicat vibrato.

« Une nuit, je m'endors avec lui. Mais je sais qu'on nous l'interdit… »

Le son ample, rond, d'excellente qualité, emplit tout l'espace. Ils s'assirent tous les deux sur le canapé. Isabelle posa sa tête sur les genoux de Patrick. Elle fermait les yeux et semblait se concentrer sur les notes du piano.

Patrick sentit monter en lui l'angoisse. Il venait de se remémorer ce traumatisme, non seulement crânien, qu'avait été cette journée de rentrée. Comment pourrait-il réellement le surmonter ? Alors, bien sûr, la démission avait pu apparaître comme idéale. Mais n'était-ce pas en réalité une solution de facilité ? Au moment où il avait rédigé la lettre, cela l'avait soulagé. Pourtant, il lui fallait bien admettre qu'il n'avait pas fait face, qu'il avait battu en retraite, qu'il avait courbé l'échine. Il s'était esquivé, il avait fui. Allait-il fuir comme cela toute sa vie ? Et ce projet de chambres d'hôtes, n'était-ce pas en réalité une nouvelle forme de fuite ? Et puis, était-ce raisonnable ? Certes, la Vendée, c'est un bien bel endroit, surtout Noirmoutier d'ailleurs, mais quand même, avait-il les épaules pour se lancer un tel défi ?

Décidément, les choses n'étaient pas claires dans la tête de Patrick.

Il oublia ces considérations au moment où il se pencha pour l'embrasser. Il glissa sa main sous son tee-shirt et caressa son ventre. La peau de la jeune femme – mais comment pouvait-il en être autrement ? – était d'une douceur fabuleuse. Patrick était ému et son cœur battait fort. Isabelle tremblait à chacun de ses baisers. Il s'arrêta un moment. Comme pour figer l'instant. Il effleura sa poitrine. Il n'osait pas. Isabelle l'encouragea, il en approcha sa bouche. Enivré par l'odeur de sa peau, il la mordit intensément. Le trouble laissait place au désir. Elle inspira très fort. Ses mains se crispèrent. Elle approcha sa bouche de l'oreille de Patrick. Son souffle.
Patrick murmura : « Je t'aime. »
Elle lui répondit dans un frisson : « Moi aussi, je t'aime. »
Elle lui déboutonna la chemise. Doucement, elle se déshabilla. Au moment où Patrick l'embrassa entre les cuisses, elle fit pénétrer ses ongles dans sa chair. Elle frissonne, il frémit, elle suffoque, il vibre, elle vacille, il bande, elle sourit, il rayonne.
Et ce fut la cavalcade. Pareil à une armée de chevaux (ou disons de doubles poneys, soyons

mesurés) lancée au cœur de la steppe, Patrick se laissa emporter par l'euphorie. On allait voir ce que l'on allait voir !

Il la pénétra. Leurs râles se confondaient. Toute pudeur avait disparu.

Elle réclama qu'il vienne plus profondément en elle et qu'il accélère encore. Il la serrait de toutes ses forces, elle suçait son oreille. Elle lui demanda d'attendre. Elle l'allongea et se plaça sur lui. Elle enfonça son pouce dans sa bouche, il ferma les paupières. Il la sentait sur son sexe, montant et descendant avec régularité, obsédée par la nécessité de jouir.

Ensuite, ce fut la cambrure des reins d'Isabelle.

Sous l'effet de la transpiration, les tibias de Patrick se collaient au cuir du canapé. Cela lui offrait un bon point d'appui dont il espérait bien tirer profit.

Ils faisaient l'amour depuis, oh, bien vingt minutes maintenant.

Patrick y allait franchement désormais, sans la moindre pression, de plus en plus fort.

« Hin, hin, hin… »

Le visage de Patrick était écarlate et une grosse veine en forme de Y fendait son front.

« Hin, hin, hin… »

Les yeux d'Isabelle commençaient à se plisser.

« Hin, Hin, hin… »
Tous deux savaient que l'affaire s'approchait de la fin.
« Hin, hin, hin... »
Isabelle n'avait pas eu d'orgasme.
« Hin, hin, hin… »
Patrick n'avait jamais été aussi près du paradis.
« Hin, hiiiin, hiiiiiiiinnnn… »
Avec la rage d'un acteur allemand à moustache, il jouit.
Il était au paradis.

Lourd comme un double poney mort, il s'écroula sur elle. Il l'écrasait. Elle rit :
« Tu peux te lever un peu ? »
Patrick ne répondit pas. Elle réitéra sa demande :
« Tu peux te lever un peu, s'il te plaît, tu m'écrases ! »
Il ne répondit pas davantage. Elle se mit alors à remuer pour tenter de s'extraire de lui. Patrick tomba du canapé. Isabelle, qui avait cru à une blague, explosa de rire. Mais elle s'interrompit brutalement quand elle vit qu'il ne bougeait pas et que ses yeux étaient révulsés. Il était affalé sur le côté.
Quelque part, au loin, Isabelle entendit une voix, d'une mélancolie à vous arracher des larmes, qui suppliait : « S'il te plaît, je voudrais aller à Bahia… »

Isabelle a poussé un cri et s'est sentie défaillir. Elle a repris ses esprits. Elle a tapoté le visage de Patrick, elle a pris ses épaules et elle l'a secoué, elle a dit : « Patrick », mais il ne s'est pas réveillé. Elle a posé son index et son majeur au niveau de la carotide, il n'y avait pas le moindre battement. Avec près de dix ans d'avance sur des milliers d'adolescentes en fleurs, elle a hurlé : « Patriiiiiick. » Elle s'est agenouillée et a entrepris de lui faire du bouche-à-bouche et un massage cardiaque. Elle était toute seule. Elle a tenté de le ranimer, cela a duré quelques minutes. Rien n'y a fait. Le visage de Patrick est passé du rouge au bleu. C'était la panique, alors forcément, elle a appelé les pompiers. En les attendant, elle a continué à pratiquer un massage cardiaque.

Pendant ce temps, dans son ventre, le spermatozoïde le plus rapide de Patrick se présentait, échappé seul, avec plusieurs secondes d'avance sur ses poursuivants, devant l'ovule. Pour un peu, il aurait levé les bras.

Après avoir sonné deux fois sans obtenir de réponse, un commando de trois pompiers a ouvert la porte qui n'était pas fermée à clé. Musclés comme il faut, ils sont entrés dans l'appartement. Ils ont vu une

jeune femme nue, accroupie, les fesses à l'air, en train de pratiquer un massage cardiaque sur un gros étendu au sol. Puis c'est la police, puis c'est le Samu qui ont pénétré dans la pièce. Isabelle restait là, nue, et à genoux près de Patrick, tandis que le médecin s'affairait.
Elle a commencé à sentir le froid du carrelage. Un policier s'est approché. Il lui a posé une couverture grise qui pique sur les épaules. Elle ne cessait de pleurer.

Mourir est à la portée de tout le monde.

Trente

I

Jean-Baptiste est né à 11 ans. Sa vie a commencé le mardi 5 septembre 1995. Il entrait en sixième. Avant ça, il ne se souvient de rien. Et comme la vie, c'est un reste de souvenir, ne se souvenir de rien équivaut à une absence de vie. Jean-Baptiste est né à 11 ans.
Il a de la chance de se rappeler du jour de sa naissance. C'est tout de même rare. Ce matin-là, il portait un tee-shirt bleu marine *Fruit of the Loom* et un pantalon léger, beige clair. Il a bu un grand bol de chocolat Nesquik. Il a mangé deux brioches avec de la confiture d'abricots. Comme c'était la rentrée, sa grand-mère a insisté pour l'emmener. Elle est très gentille, sa grand-mère. C'est elle qui l'a élevé. Il lui est arrivé de l'appeler maman.
Qu'elle était longue, cette route qui le conduisait vers le collège. Perdu dans la cour immense, Jean-Baptiste se sentait affreusement seul. C'était une drôle d'expérience de se retrouver là. Il était tout petit. Il cherchait désespérément un regard, ou quoi que ce soit, qui lui donnerait l'illusion que tout allait bien. En réalité, tout n'allait pas bien du tout. Jean-Baptiste cherchait sa classe. Jean-Baptiste voyait des dizaines de visages. Des groupes

d'élèves déambulaient çà et là. Beaucoup semblaient se connaître. Certains riaient, d'autres se serraient dans les bras. Les bâtiments étaient hauts, les troisièmes étaient grands, le vent soufflait fort.
Il rentrait en sixième C. Madame Levasseur, la professeure de français, accueillait la classe. Cette femme, Jean-Baptiste s'en souviendra toute sa vie. Elle lui a gâché sa naissance en moins de deux minutes.
Madame Levasseur, c'était carré strict et vêtements des années cinquante. Elle répétait : « chut » sans cesse, même dans le silence. Elle avait dû répéter ce « chut » pendant tellement d'années qu'il avait fini par s'agripper à ses lèvres. Mais surtout, ce dont Jean-Baptiste se rappelle, lorsqu'il repense à elle, c'est l'odeur quand elle ouvrait la bouche. L'haleine de madame Levasseur, c'était la triple alliance : café, tabac et aigreurs d'estomac.
Tous les élèves, même ceux qui étaient deux mois auparavant les terreurs de l'école élémentaire, étaient intimidés à leur arrivée au collège.
Ils ont posé leur cartable à côté de leur table. Ils ont enlevé leur blouson. Ils ont sorti leur trousse. Il n'y avait pas un bruit.
Certains avaient un peu envie de pleurer. Ils repensaient à leur école de village, à leur gentille

maîtresse, à leur bon maître. Ils découvraient la mélancolie, ces enfants.
Madame Levasseur entama un discours bouleversant, qui n'avait rien à envier à ceux du général de Gaulle, sur la sixième, et comme quoi ils étaient des grands maintenant, et comme quoi ils devaient se comporter comme tels maintenant, et comme quoi il faut bien travailler maintenant, et comme quoi il faut être autonome maintenant, et des tas de choses encore.
Est venu le moment de remplir les fiches d'identité. Ces fiches qui permettent de mieux connaître l'enfant à qui l'on va enseigner pendant un an. Ces fiches qui permettent d'affiner la pédagogie pour mettre réellement l'élève au cœur du système éducatif. Ces fiches qui permettent surtout d'assouvir la curiosité des enseignants. Ainsi, grâce à ces fiches, on pouvait régulièrement entendre en salle des professeurs des remarques aussi pertinentes que : « Tiens un fils d'agriculteur », « tiens un fils de médecin », « tiens un fils de flic » (ça peut servir), « tiens une fille de pharmacienne » (ça l'empêche pas d'être débile celle-là), « tiens une fille de coiffeuse (je comprends mieux)... », bel outil pédagogique, en effet.
Parmi les différentes rubriques telles que : nom,

prénom, adresse, loisirs, matière favorite, métier envisagé... Jean-Baptiste en avait quatre vides : nom du père, nom de la mère, métier du père et métier de la mère. Bien sûr, quand elle a ramassé les fiches, madame Levasseur n'a pas manqué de le lui signaler :
« Jean-Baptiste, je peux savoir pourquoi tu n'as pas indiqué de renseignements sur tes parents ? »
Sans doute qu'elle aurait pu le savoir, très certainement qu'elle l'avait deviné même, mais non, il fallait que ce soit confirmé. Alors, Jean-Baptiste, pas trop fort, pas assez fort :
« Ben, ils sont morts.
– Chut. Pardon ? Parle plus fort, je n'entends rien.
– Ils sont morts ! »
Au moins, à ce moment, tout le monde l'a repéré. Ça a réveillé la classe, finalement.
La première heure continua avec d'interminables monologues de madame Levasseur, jusqu'à ce qu'elle décide de tuer Jean-Baptiste.
C'est assez simple de mourir, nous le savons désormais. Mais tuer, c'est enfantin.
Elle annonça le programme de l'année en lecture. Elle précisa qu'ils allaient étudier un livre difficile et qu'il faudrait être sérieux. C'était un roman écrit par un auteur allemand appelé Patrick Süskind et qui

était intitulé *le Parfum*. La vieille dame ne put s'empêcher de le résumer.
Cette phrase est inscrite pour toujours dans la tête de Jean-Baptiste.
« C'est une histoire qui se passe au XVIIIe siècle, elle raconte la vie de Jean-Baptiste Grenouille... »
Les rires et les regards moqueurs ont fusé en sa direction. Les terreurs de l'école élémentaire étaient de retour et elles voulaient que cela se sache. Il y avait surtout cette fille, cette Magalie[1], qui avait les cheveux auburn. Il lui fallait un souffre-douleur, au moins un. Elle l'avait trouvé. Et comme en plus elle était jolie, ce fut facile. Ces rires, ah ! ces rires, et ces regards et Magalie, ah !
Jean-Baptiste, lui, il venait à peine de naître, alors il n'a pas résisté à la pression, évidemment. On n'a pas idée de s'en prendre à un nouveau-né, c'est criminel ça, non ? Jean-Baptiste a d'abord senti la chaleur. Son visage. Le sang qui emplit ses joues. Il ne voyait plus très clair. Madame Levasseur a continué à parler pour ne rien dire, personne ne

1. Les Magalie, tout comme les Vanessa et les Stéphanie, sont à l'image des ablations des amygdales, des appendicites ou des opérations pour se faire recoller les oreilles. Elles n'ont pas survécu aux années quatre-vingt-dix. Elles ont disparu quelque part entre mai 1998 et avril 1999.

l'écoutait. Jean-Baptiste ne l'entendait plus. Tous ceux qui étaient derrière lui le regardaient et souriaient. Il pouvait le sentir.
Alors, que pouvait-il bien faire ? Se retourner et affronter leurs regards ? Faire comme si de rien n'était et passer pour une mauviette ?
Lieu commun : « Il n'y a rien de plus cruel que des enfants. » Confiez-leur le monde et c'est la Troisième Guerre mondiale en moins de vingt-quatre heures.
C'est à ce moment qu'il s'est aperçu qu'il était en train de se pisser dessus. « C'est malin », direz-vous. « Il est drôlement sensible », direz-vous.
Mais tout de même, il faut le comprendre. Il est petit, Jean-Baptiste. Une large auréole a coloré son pantalon qui est passé du beige clair au marron foncé. Tandis que l'urine se répandait le long de sa jambe, sa tête tournait de plus en plus vite, de plus en plus fort.
Un drôle de bruit a envahi son cerveau. Il a entendu le tic verbal de madame Levasseur siffler : « Chut. »
Jean-Baptiste s'est réveillé à l'infirmerie quelques minutes plus tard. On lui avait enlevé son pantalon et on l'avait jeté quelque part en boule dans un coin de la pièce. Les petites gifles rapides de l'infirmière faisaient valser son visage.

Il a entendu le « pimpon » trouble de la sirène des pompiers.
Il a sursauté, il a réussi à éviter une dernière baffe et, déboussolé, il a bondi hors du lit. Ses pieds ont fait comme une sorte de moulinet et ils ont glissé sur le sol. Il s'est fracassé sur le carrelage, avec son slip humide et ses chaussettes. Les pompiers, musclés de façon tout à fait réglementaire, sont entrés dans la pièce et l'ont allongé sur le brancard. Jean-Baptiste commençait à trembler, il avait froid. On lui a posé sur le corps une couverture grise qui pique.
Parfois, la vie vous met des coups et quand vous pensez que vous allez enfin vous relever, parce que, après tout, la chance tourne, elle en profite, la vie, pour vous faire une balayette.
Et donc, par un heureux hasard, la sonnerie qui annonçait la première récréation a retenti et tout le monde est sorti dans la cour au moment précis où les pompiers évacuaient Jean-Baptiste sur un brancard, avec une couverture grise qui pique, une minerve, et toute la panoplie. Ils ont fendu la foule presque au ralenti. Très sensuellement, ou très vulgairement, c'est selon, une belle blonde de troisième s'est mordu les lèvres. Dans la chute, la pommette gauche de Jean-Baptiste avait explosé. Il pouvait sentir son pouls battre en elle. Le pompier

le plus musclé (sans doute le chef) a appliqué une compresse sur la plaie et l'a rassuré en lui disant qu'il était « bon pour des points ».
Dans le camion, Jean-Baptiste ne se souvient pas avoir entendu la sirène. Peut-être qu'ils ne l'ont pas mise.

Pendant le trajet, il a pensé à sa mère. Évidemment, il n'a aucun souvenir d'elle.

Tout ce qu'il connaît de sa maman, ce sont quelques photographies que sa grand-mère a soigneusement rassemblées dans un bel album. Les vieux, on dira ce qu'on voudra, mais ce sont quand même les plus forts pour les albums photo. C'est sans doute une crainte inconsciente de l'oubli qui les pousse à classer, de façon si soignée, si ordonnée, si chronologique, les photos dans des albums. C'est comme s'ils prévoyaient la défaillance de leur cerveau, ou qu'ils l'attendaient, ou qu'ils la souhaitaient ? Après tout, Alzheimer reste le meilleur remède contre la nostalgie.
Quoi qu'il en soit, dans cet album relié de cuir, on trouvait tout ce que l'on doit trouver dans un album de ce genre : il y avait donc de vieilles photos d'elle petite, en noir et blanc, celle les mains bien

jointes éclairées face à un cierge blanc en communiante (mai 1966), quelques photos jaunies au ski à Avoriaz (février 1973), la mer près d'Arcachon (août 1969), la campagne (juillet 1977), une autre avec son diplôme d'infirmière (juin 1979), on passera sur les nombreux Noëls, les oreilles de lapin aux copains du lycée, une clope à la bouche (février 1974), il y a aussi la photo du jour où elle a eu son bac (juin 1975)... Rien ne manque, rien du tout. On a tous les mêmes photos.
Mais il y a plus intéressant. Jean-Baptiste a la chance de posséder aussi un petit film tourné lors du mariage de la meilleure amie de sa maman. C'était deux mois avant sa mort. On la voit bouger nettement. On l'entend parler. Même si, sur la vidéo, elle apparaît légèrement plus aiguë que dans la réalité, il connaît sa voix. Elle était mignonne avec son ventre tout rond, Isabelle. Il semble qu'elle avait un peu de mal à se déplacer. On la voit assise, Jean-Baptiste en elle, et qui regarde tout le monde avec beaucoup de douceur. Elle a l'air gentille. Au fond, pour Jean-Baptiste, sa vie à elle a duré cent vingt minutes, le temps de la cassette VHS.
On ne vantera jamais assez les mérites du Caméscope Hitachi 1 200 S. Alors, bien sûr, la technologie, fut-elle extrêmement performante, ne permet pas

tout : il ne connaît pas son odeur, il ignore si ses mains étaient douces, si elle conduisait bien, si elle avait de l'humour. Et puis, l'intérêt principal des photos, c'est qu'on est toujours sous son meilleur jour. C'est comme si sa mère n'avait fait que sourire toute sa vie.

Mais de cela, Jean-Baptiste s'en fiche.

Pourquoi ?! Enfin, vous croyez vraiment que l'on peut vivre sereinement avec quelques photographies de sa mère souriante et sa voix enregistrée quarante secondes ? Ce qui lui permettrait de la comprendre, de vivre avec elle, de dépasser son absence, de cesser d'appeler sa grand-mère maman, ce serait de connaître ses défauts.
À moins d'être un monstre, il y a peu de chances pour que quelqu'un ose parler de vos défauts après votre mort. Imaginez, parler des défauts d'une jeune femme morte en couches à son enfant, non mais franchement. Mamie dit qu'il n'y avait pas une enfant plus gentille, qu'elle était douée pour tout, que tout le monde l'aimait, que même pendant l'adolescence, elle avait été parfaite. Mais elle devait bien en avoir, des défauts ! Qu'on lui en donne au moins un. Cela la rendrait humaine.

Jean-Baptiste pourrait la penser autrement que comme une image.
Quelle différence pour lui entre l'image d'Isabelle sur la vidéo et l'image de l'animatrice du Club Dorothée ? Quelle différence entre cette photo d'Isabelle et cette photo du catalogue de La Redoute ?
Le lien du sang ? L'amour d'une femme l'ayant porté dans son ventre neuf mois ? Une sorte de lien maternel défiant la mort ? Quoi ? Hein, quoi ?
Un défaut de sa mère, un seul, que l'on oserait donner à Jean-Baptiste. Ne vous en faites pas, il n'y aura jamais personne pour le faire.
On croit protéger, en réalité on enferme.

II

Le deuxième jour de la vie de Jean-Baptiste a commencé comme le premier : Nesquik, brioches, confiture d'abricots, route vers le collège.
Jean-Baptiste craignait le moment où la vie lui ferait endurer une nouvelle épreuve, le moment où il manquerait encore de chance.
En arrivant dans la cour de récréation, il s'adossa à un large poteau en béton qui soutenait l'entrée du préau. Soudain, il s'aperçut que son lacet droit était défait ! Il hésita un moment, scruta à gauche, à droite, puis, lentement, très lentement, il fit glisser son cartable sur son épaule et le posa à terre. Tel le guépard, il avança de façon presque imperceptible les mains en direction de ses chaussures. À demi penché, il observa encore les alentours. Méthodiquement, il prit les brins de son lacet. Il savait alors qu'il était sans défense, son arrière-train offrant une cible de choix pour quiconque lui souhaiterait du mal. Rapide comme l'éclair, il fit deux boucles, les noua et se releva. Il ne s'était rien passé, tout était rentré dans l'ordre. Ses lacets étaient parfaitement faits (un double nœud, on n'est jamais trop prudent).
Jean-Baptiste pourrait désormais se mouvoir sans

crainte. Enfin, la vie décidait de lui laisser une seconde chance. Elle l'avait écrasé hier, mais elle décidait de le laisser se relever.

Finalement, non.

Jean-Baptiste sentit les premiers regards se tourner vers lui. Quelques mains se précipitaient pour cacher des bouches qui pouffaient de rire. Un groupe passa devant lui.
« Ça sent la pisse ici ! »
Jean-Baptiste fit semblant de ne pas entendre, mais il rougit.
« Hey ! t'as vu ? Une grenouille rouge. »
Grenouille. C'est sans doute le mot qu'il a le plus entendu de toute son enfance. Tout cela à cause de quoi ? À cause d'un écrivain allemand et d'une enseignante de français médiocre qui faisait travailler des enfants sur des livres hors programme. Sa mère a aussi sa part de responsabilité. Franchement, pourquoi choisir ce prénom ? Jean-Baptiste, c'est le prénom le plus sinistre qui soit.
C'est le dernier mot qu'elle a dit avant de mourir, paraît-il. Alors, tout le monde a dit que c'était magnifique, que c'était bouleversant. Lorsqu'il arrivait que l'on évoquât cela, il était de bon ton

d'essuyer une larme en ouvrant la bouche en forme de ballon de rugby.

Jean-Baptiste aurait préféré qu'elle meure la seconde d'avant. Parfois, une seconde, cela compte, mais franchement, pour Isabelle, une seconde de plus ou de moins, ça ne lui aurait pas changé grand-chose. Mais pour Jean-Baptiste, qu'est-ce que ça aurait été. La fiesta, oui, la fiesta ! S'il s'était appelé Arnaud, Grégory ou Matthieu, comme la moitié des garçons nés en 1984, quelle enfance il aurait eue ! Il n'aurait sans doute pas fait de choses exceptionnelles. Il n'aurait pas été un héros ou un grand sportif, il n'aurait pas été premier de sa classe non plus. Il aurait simplement été un garçon sympathique et heureux.

Il aurait pu, au sortir de l'adolescence, entamer une jolie formation, en comptabilité, tiens. Le BTS, ou la licence même, obtenue de haute lutte, il aurait été un formidable comptable. Il aurait eu un salaire acceptable, une conversation digne de ce nom.

Il aurait été un comptable « cool », avec beaucoup d'autodérision sur ce job si « glamour ». Il aurait connu des tas de blagues sur les comptables. Tenez au hasard, celle-ci par exemple : « Quand est-ce qu'une personne décide d'être comptable ? – …

– Quand elle réalise qu'elle n'a pas le charisme pour

faire croque-mort ! » Ou celle-ci : « Dans le bureau d'un comptable, il n'y a que le bois qui travaille ! » Ah, on aurait ri. Un comptable cool, certes, mais irréprochable au travail, un vrai professionnel.
Peut-on imaginer un comptable que tout le monde appellerait Grenouille ?
Jean-Baptiste finit par entrer en classe. C'était de nouveau madame Levasseur. Il s'assit au premier rang, face au bureau de l'enseignante, avec le mince espoir que quelqu'un vienne s'asseoir à côté de lui. La chaise était là, qui faisait son boulot de chaise, et qui attendait que quelqu'un daigne y poser ses fesses. Jean-Baptiste la regardait. L'enseignante lui signifia qu'il devrait venir la voir à la fin de l'heure. Toute la classe était entrée maintenant. Tout le monde était assis. Jean-Baptiste, lui, était seul à sa table.
Debout, dans l'embrasure de la porte, un petit gros attendait. Le silence était total. Madame Levasseur prit la parole.
« Chut, je vous présente…
– Thibault.
– Je vous présente Thibault, il vient d'arriver de…
– De Pikiardie.
– De… ?
– Bah, de Pikiardie.

– Il nous vient de Picardie donc, et va passer l'année avec nous. Assieds-toi près de Jean-Baptiste si tu veux bien. »

C'est beau la vie. Tout de suite, Jean-Baptiste sut qu'il allait aimer ce garçon. Thibault devait mesurer cinq ou six centimètres de moins que lui, mais il pesait aisément dix kilos de plus. Ses cheveux, d'un gras assumé, étaient plaqués vers l'avant. Ses dents étaient ornées d'un sublime appareil dentaire qui semblait lui-même recouvert d'une sorte de pâte beige. L'appareil dentaire, cette belle invention, tentait de retourner une incisive qui avait comme pivoté sur elle-même à 90 degrés. Les ongles de Thibault étaient rongés au sang avec une infinie précision. Ses mains rouges étaient striées de larges traînées blanchâtres. En ce jour béni, notre joli Thibault portait des chaussures de montagne encrottées, un tee-shirt publicitaire « Les 24 heures de Rospez » et l'un des musts de la collection printemps-été 1995 : le jogging Adidas noir et gris à pressions.
Jean-Baptiste avait trouvé son meilleur ami et celui-ci allait bientôt le savoir. Il ne cessait de le regarder, comme fasciné, il souriait sans raison, intérieurement, il était rempli d'allégresse.

Derrière eux, Magalie ferma un œil. Elle ajusta son tir.
Un petit « poc ».
Une boulette de papier atteignit le crâne de Jean-Baptiste. Il la ramassa et la déplia. Dessus était inscrit : *Grenouille, fais un bond sur le bureau de la prof. Pour toi, c'est facile !*
Jean-Baptiste se retourna et, courageusement, il répliqua à Magalie :
« Très drôle ! Vraiment très drôle… »

Il profita de la récréation pour aller voir Thibault. Pour le mettre en confiance, on ne sait jamais avec les Picards, il lui demanda tout d'abord comment ça allait, et ça allait bien. La partie semblait bien engagée.
« Tu es arrivé depuis longtemps en Bretagne ?
– Non pas trop.
– Tu habites où ?
– À Lanvellec.
– Lanvellec ? Ouah, super ! Et sinon, tu as des copains au collège ?
– Non pas trop.
– Si tu veux, on peut être copains ?
– D'accord. »
Ça y est, c'est tout à fait officiel, Jean-Baptiste a un

ami ! Il a un ami. Un vrai. Celui sur qui il pourra compter et qui ne lui fera jamais défaut, qui l'écoutera et qui le fera rire. Ils feront mille choses passionnantes ensemble, ils joueront au football, ils iront à la mer, ils se moqueront des filles, ils en seront amoureux, ils grimperont aux arbres, ils copieront l'un sur l'autre, quelles promesses.
Lorsque Thibault sera mis au courant de la situation de Jean-Baptiste, il l'appellera Grenouille comme tous les autres. Pourtant, ce ne sera pas le même Grenouille. Ce sera un Grenouille que Jean-Baptiste aura plaisir à entendre. Un Grenouille qui lui annoncera les plus beaux moments de son enfance. Un Grenouille qui célébrera leur attachement. Un Grenouille qui le fera se sentir bien.
Comme il est doux d'avoir un ami.
L'amitié entre Jean-Baptiste et Thibault fut l'une des plus belles connues en Trégor.
La grand-mère de Jean-Baptiste aimait beaucoup Thibault. Elle l'invitait souvent à passer la nuit chez eux. Elle lui préparait toujours des galettes, des jambon-fromage.
Hélène et Éric, les parents de Thibault, étaient des gens bien. Jean-Baptiste passait la plus grande partie de ses mercredis après-midi chez eux. Petit à petit, leur accent s'est estompé et il parvenait

facilement à les comprendre. Le père de Thibault travaillait dans l'industrie agricole, tandis que sa maman venait de décrocher un poste de secrétaire de direction. En dépit du physique ingrat de Thibault, qui aurait pu faire craindre le pire quant à l'apparence de ses parents, ils étaient très beaux. Jean-Baptiste en conclut qu'il fallait se méfier de l'expression « Les chiens ne font pas des chats ».

Hélène surtout était renversante de beauté. C'était une femme magnifique, au teint mat, aux vêtements parfaitement ajustés, souvent courts, aux seins superbes, à la peau douce (du moins ses joues). Son reste d'accent lui donnait des faux airs de Monica Bellucci picarde. Jean-Baptiste lui rendit souvent hommage en pensant à elle tandis qu'il explorait son corps dans ses draps d'adolescent…

Jamais une seule dispute n'éclata entre les deux compères. Enfin si, une dispute éclata un jour. Une sombre histoire de petits chevaux. Jean-Baptiste avait accusé Thibault d'avoir sauté une case et d'avoir ainsi empoché la victoire. Thibault n'avait pas triché, il réservait cela aux évaluations de mathématiques et aux parties de Scrabble avec sa tante Annick à la Toussaint. Jean-Baptiste n'avait tout simplement pas supporté de perdre. D'ailleurs, Thibault ne s'était pas privé de le lui faire

remarquer : « T'es qu'un mauvais perdant, c'est tout. » Jean-Baptiste avait répliqué : « Je suis pas un mauvais perdant, je suis un bon gagnant ! Et toi, t'es qu'un tricheur, alors pars de chez moi. » Ils avaient boudé chacun dans leur coin pendant une semaine. Malheureux comme les pierres, Thibault avait fini par avouer qu'il avait triché. Jean-Baptiste lui avait pardonné en lui rappelant tout de même que, s'il l'avait dit dès le début, « on aurait recommencé la partie et voilà tout ». Au fond de lui, Jean-Baptiste savait que c'était faux. Il savait que Thibault mentait afin qu'ils puissent se réconcilier. Le fait que Thibault s'accuse à tort de tricher aux petits chevaux lui était apparu comme l'une des plus belles preuves d'amitié.
Dès lors, il aurait tout fait pour Thibault, et Thibault bien plus encore.

Un matin, Thibault fut pris à partie par Tony Sangan. Tony Sangan était de ceux qui impressionnent leurs camarades par un physique hors norme. Imaginez, en cinquième, ce Sangan mesurait déjà 1,73 m et il pesait 71 kg. Il était souvent habillé de noir, affirmait posséder un disque de Kurt Cobain et le duvet qui surplombait le haut de ses lèvres commençait de façon ostensible à se transformer

en moustache. Plusieurs élèves racontaient même qu'il s'était déjà rasé deux fois.
Tony Sangan était en réalité un monstre pacifique, assoiffé d'amitié et d'amour. Il était rapidement devenu la mascotte du collège et il pouvait se vanter de compter des dizaines d'amis dont quelques troisièmes. Néanmoins, l'école élémentaire avait été pour lui un calvaire, car la profession de poissonniers que ses parents exerçaient avec passion avait fait de lui la risée de ses camarades dès le CE1. Un jour, son maître lui avait dit : « Tu sais, Tony, tu pourras dépasser les moqueries le jour où tu sauras te moquer de toi-même. » Belle parole. Et donc, Tony avait pris le parti de rire de lui-même. Il avait très vite écopé du surnom de « cabillaud ». Comme tous les autres, cela l'avait fait rire.
Le drame, qui devait marquer la tout entière dévotion de Jean-Baptiste pour son ami, se joua le lundi 8 janvier 1996, au retour des vacances de Noël. Thibault et ses parents avaient fêté le réveillon du 31 décembre avec quelques amis descendus de Picardie pour l'occasion. Ils avaient ri, ils avaient bu, ils avaient mangé des huîtres, ils avaient dansé. Ils avaient beaucoup dansé d'ailleurs, et ils avaient chanté. Entre *Mets de l'huile,* de Regg'Lyss, *le Jerk,* du flamboyant Thierry Hazard, et quelques slows,

dont le bouleversant *Eternal Flame,* des Bangles, la fête avait été belle. Aux alentours de 5 h 30, ils avaient fini la soirée en beauté avec quelques musiques du soleil, à savoir, respectivement : *Maldon, J'veux du soleil, Sous le soleil de bodega, Mala Vida* et enfin la reprise d'une chanson de Rika Zaraï devenue l'hymne à la fête de la Compagnie Créole : *Sans chemise, sans pantalon.*

Repus et transpirants, ils étaient allés se coucher.

Au jour de la rentrée, à l'école, tous les enfants s'étaient souhaité une bonne année. Chacun avait raconté ses vacances.

À la récréation, Jean-Baptiste et Thibault étaient adossés à leur poteau habituel quand Tony Sangan et deux autres amis vinrent les voir. Sa moustache était de plus en plus drue.

« Salut les gars et bonne année.

– Merci. Bonne année à toi aussi… »

Tout allait bien.

C'est à ce moment que Thibault s'adressa, en ces termes, à Tony :

« Eh Sangan, j'ai une chanson pour toi ! » Prenant la note juste, il replia les bras le long de son corps, remua les fesses, et avec un léger accent martiniquais, il démarra :

« Ce soir, nous allons danser, sans chemise, sans pantalon. Ce soir, nous allons danser, sans chemise, sans pantalon et… Sangan. »
De façon machinale, pour quelqu'un habitué à rire de lui-même, Tony Sangan sourit. Mais, dans son cerveau, une colère féroce émergea. Il tentait pourtant de se raisonner. Ses poings se crispèrent. Il pensa aux paroles de son vieux maître : « Apprends à te moquer de toi-même. » Rien n'y fit. Tony, avec une violence extraordinaire, bondit sur le pauvre Picard. Ce fut terrifiant. Vraiment terrifiant. Les coups pleuvaient de toutes parts, pieds, poings, tête, et même des morsures. Thibault se faisait massacrer. Plusieurs élèves essayèrent de retenir Sangan, mais c'était impossible. Dans sa fureur, il tentait d'arracher les vêtements de Thibault en hurlant : « On va voir qui va être sans chemise, sans pantalon, et sans gants, on va voir ! »
Le combat était horrible, et bientôt il s'acheva. Thibault gisait sur le sol. Jean-Baptiste le prit dans ses bras (une comparaison avec *la Pieta* de Michel-Ange ne paraît pas excessive). Jean-Baptiste regardait son ami qui était couvert de sang et de bave.
C'est alors qu'il s'aperçut que Thibault avait perdu une dent. Pas n'importe quelle dent. La dent !

Celle qui, depuis quelques mois déjà, et par la grâce de l'orthodontie, commençait à s'aligner. C'était injuste.
Alors Jean-Baptiste montra à quel point son ami était tout pour lui. Il le déposa lentement sur le sol. Avec une haine effroyable dans les yeux, il regarda Tony Sangan. Il se leva enfin et, héroïque, il hurla :
« Je vais le dire ! »
Prenant ses jambes à son cou, il se précipita vers le bureau des surveillants.
Une amitié, une vraie.

À l'été 1997, Jean-Baptiste et Thibault furent pris d'une « fièvre cabanistique ». Ils se mirent à construire des cabanes à toute heure et en tout lieu. Sans raison précise. C'était une sorte de compulsion de la cabane. Tels deux petits castors, ou deux petits ragondins, plus communs en Bretagne, ils construisaient et construisaient encore. Thibault et Jean-Baptiste devinrent deux experts reconnus de la cabane. Plus tard, Thibault finit même par élaborer une troublante théorie de « la cabane en milieu rural ».
Son expérience et ses différentes recherches en la matière l'avaient amené à en établir une typologie relativement précise. Il concluait que l'on pouvait

classer les cabanes en deux grandes catégories. La première comprenant les cabanes perchées dans les arbres avec un plancher, celles ne prenant pas l'eau, celles avec une porte à gonds, celles couvertes par des ardoises et autres tuiles, celles peintes, celles ne s'écroulant pas après une saison, celles dans lesquelles les mamans se rendent parfois pour chercher leur enfant. Toutes ces cabanes et leurs variantes sont construites par les papas.
La seconde catégorie est celle que nous nommerons « cabane réalisée par un enfant ». Cette catégorie inclut les cabanes construites essentiellement avec des morceaux de carton et des branches, parfois des planches de récupération comportant des clous rouillés. Quand on y entre, on n'y voit rien, on se pique le dos. On y a le cul humide dès que l'on s'y assoit. Très vite, on doit admettre que dans une « cabane réalisée par un enfant », on s'ennuie. Jamais une maman ne se rend dans ce genre de cabane.
Dans leurs cabanes, Thibault et Jean-Baptiste avaient l'impression d'être des aventuriers, ou quelque chose comme cela. Pourtant, tout porte à croire que, lorsqu'ils s'y trouvaient, eux aussi s'ennuyaient. En réalité, le but, c'était d'avoir été un peu dans la cabane. Un peu, en tout cas assez pour

dire que l'on avait passé du temps dehors et que donc on avait le droit de regarder la télévision. Ou encore mieux, qu'on pouvait jouer à la Nintendo. Flinguer de drôles de canards pixelisés sur une télévision 36 cm à l'aide d'un pistolet orange et gris, à 13 ans, et toutes les cabanes du monde n'y changeront rien, il n'y a que cela de bon.

III

Thibault et Jean-Baptiste se séparèrent à la fin de la quatrième. Si nous ne craignions d'être accusé de plagiat, nous écririons que l'amitié dure trois ans. La société de la maman de Thibault lui proposait un poste de secrétaire de direction dans une ville anonyme et lugubre de Basse-Normandie. Elle l'accepta et prit son fils avec elle. Son mari, qui avait rencontré quelques mois auparavant une autre femme, les laissa partir. Jean-Baptiste et Thibault s'étaient promis de se revoir et de s'écrire. Mais écrire, quel intérêt ?
Un jour pourtant, Jean-Baptiste reçut une lettre.

Samedi 18 septembre 2004.
Jean-Baptiste se rend à la prison pour la première fois. Thibault y est incarcéré depuis quelques jours déjà. Il lui a demandé de venir. Il a écrit à l'ancienne adresse, au cas où. Thibault entre dans la salle des visites. Jean-Baptiste ne le reconnaît pas tout de suite.
« Salut, Grenouille.
– Salut, bredouille Jean-Baptiste, tu as changé. » Sa pomme d'Adam lui fait très mal.
Thibault est grand désormais, mince, et vraiment

beau. Malgré l'incident avec Tony Sangan, sa dent est là, qui trône bien droite, et fière. Thibault porte un polo. Il a le cheveu court.

« Pourquoi es-tu là ? demande Jean-Baptiste.

– C'est que... C'est que j'ai tué des gens. Deux petites mamies.

– Deux petites mamies ? Mais comment t'as pu tuer deux petites mamies ? »

Déjà, Jean-Baptiste imagine un accident, certainement de voiture. Un accident au cours duquel les deux petites mamies auraient été tuées. Thibault était certainement en prison car les tests d'alcoolémie s'étaient révélés positifs. C'était dramatique. Mais en une seconde, comme un doux songe, tout cela s'envola :

« Je les ai tuées pour de l'argent. »

De l'argent ?! Comment pouvait-on tuer deux petites mamies pour de l'argent ? Thibault était-il devenu une sorte de tueur à gages ? Un homme de sang, prêt à fournir ses services au plus offrant ? Mais pourquoi deux petites mamies ? Héritage, sans doute. Des héritiers trop pressés et qui auraient voulu en finir en s'allouant les services du plus redoutable des tueurs : Thibault. Le tueur Thibault. Ou bien, Thibault n'était peut-être qu'un homme de paille employé du gouvernement pour de basses besognes ? Avait-il exécuté ces deux petites mamies car elles se trouvaient être en réalité à la tête d'une junte militaire mettant en coupe réglée un pays africain qui, sans elles, serait sur le chemin du développement ?

Mais en une seconde, comme un doux songe, tout cela s'envola :

« J'étais en galère de fric. Alors, j'ai pensé avoir trouvé une solution avec les primes.

– Les primes de quoi ?

– Les primes. »

Jean-Baptiste n'y comprenait rien.

Thibault expliqua :

« En fait, tout a commencé il y a deux ans. Tu sais, juste après le bac, j'ai suivi une formation d'ambulancier en alternance. Le travail me plaisait, je devais faire le taxi et transporter des malades et des vieux. Bon, rien d'extravagant non plus, mais disons que le contact avec les malades et les personnes âgées me satisfaisait et puis ce n'était pas un travail trop fatigant. Tu sais, c'est pas sorcier, tu les emmènes pour les soins et tu les ramènes.

Avec les 35 heures, j'étais en RTT tous les vendredis après-midi. Le week-end, je sortais pas mal. Je ne menais pas la grande vie non plus, mais bon, tu sais les meufs, tout ça. Honnêtement, je m'en

sortais bien avec ma petite paye, j'étais content. Je faisais mon travail, je sortais, je voyais du monde, tout allait bien.
Comme beaucoup à la campagne, mon patron, en plus d'ambulances, il fait aussi pompes funèbres. Il y a un an et demi à peu près, un de ses croque-morts est mort. Il manquait quelqu'un pour son enterrement puisque lui, le croque-mort "mort", n'était pas là. Enfin, si, bien sûr, il était là, mais il ne risquait pas de faire le porteur, tu me suis ? Bref, on m'a demandé d'être porteur pour son enterrement à lui contre une petite prime au black. J'ai accepté, tout s'est bien passé. J'ai fait l'affaire. Après, on m'a demandé d'en faire d'autres, comme ça, en extra. Ce qui fait qu'au bout du compte, je gagnais un petit peu plus chaque mois. J'ai commencé à dépenser un petit peu plus aussi.
Comme j'aurais dû m'y attendre, mon patron a fini par embaucher un nouveau croque-mort. Mais bon, comme je faisais ça plutôt bien, il continuait à m'appeler parfois pour les enterrements quand ils étaient débordés. Avec la canicule, l'été dernier, ça a été n'importe quoi, on faisait trois enterrements par jour, à cause des maisons de retraite du quartier. On n'a pas arrêté pendant deux semaines et moi, bien sûr, je touchais la prime pour ça.

Alors, je ne sais pas pourquoi, cet été, j'avais espéré qu'avec un peu de chance, ce serait sûrement pareil, que l'on n'arrêterait pas. Les maisons de retraite avaient réussi à bien renouveler leur stock. Je me suis dit que ça allait repartir. Ce qui fait que, à partir du mois de juin, j'ai commencé à sortir un peu plus, pareil en juillet, car je pensais toucher le pactole en août, tu vois ?
Finalement, il ne s'est rien passé et je me suis retrouvé à découvert, pour la première fois de toute ma vie…
– De combien tu étais à découvert ?
– 300 euros.
– 300 euros ?
– Oui.
– …
– Ma banquière m'a appelé et je lui ai dit que tout rentrerait dans l'ordre bientôt. Elle a compris et a même autorisé un découvert plus important.
Moi, je ne voyais que la prime pour m'en sortir. Je me suis dit que ce qu'il me faudrait, c'est quelques enterrements pour me renflouer un peu, tu vois.
C'est le lendemain que j'ai tué ma première petite vieille. Je la connaissais bien, elle me faisait confiance, elle était sympa. Je l'ai aidée à monter dans la voiture. Je devais l'emmener pour des

examens à une heure de là. À peine montée, elle s'est endormie. De toute façon, ils ne font que ça, les vieux, dormir. Sans réfléchir, j'ai pris ma décision. J'ai coupé la climatisation et j'ai mis le chauffage à fond.

La température est montée très vite. La petite mamie ne se réveillait pas. Je commençais à transpirer hyper fort. J'ai ôté ma blouse et je l'ai posée sur le siège arrière. Elle ne se réveillait toujours pas. Ma gorge était sèche, elle me brûlait. Par chance, j'avais apporté une bouteille d'eau avec moi, alors j'ai bu. Cinq minutes avant d'arriver à l'hôpital, j'ai pris son pouls. Son cœur ne battait plus.

Je me suis arrêté, j'ai ouvert la fenêtre, j'ai enlevé ma chemise et j'ai mis simplement ma blouse. J'ai épongé le visage de la petite mamie, mais elle n'avait finalement pas beaucoup transpiré. Il faut dire que, maigre comme elle était, elle n'avait pas de quoi transpirer, tu vois. J'ai remis la climatisation et nous sommes arrivés à l'hôpital. Je suis descendu de la voiture à toute vitesse, en claquant fort ma porte. J'ai fait l'affolé, en disant qu'elle ne se réveillait pas. On l'a mise sur un brancard et les médecins ont tout de suite constaté qu'elle était morte. Morte à son âge, on ne se pose pas beaucoup de questions, tu vois. On l'a enterrée

trois jours plus tard. J'étais porteur, j'ai eu la prime.
– Tu as tué des gens pour 300 euros ?
– Oui, mais des vieux.
– Mais, t'es un malade !
– Je sais, je sais.
– Comment t'as pu tuer des gens ? Comment ?! »

Jean-Baptiste avait envie de vomir. Il se demandait ce qu'il faisait dans cette prison à écouter Thibault lui expliquer comment il avait tué une vieille. Alors il s'est levé, il n'a rien dit et il est rentré chez lui. Il avait beau chercher à comprendre, c'était impossible. Bien sûr, lui et Thibault avaient été copains. De vrais copains. On peut même dire que c'était « son ami d'enfance ». Une amitié qui compte dans une vie. Comment Thibault avait-il pu en arriver là ? Jean-Baptiste cherchait au plus profond de ses souvenirs, dans ceux qui sont enfouis, ceux que l'on dénie. Il ne trouvait pas. Jamais Thibault n'avait torturé des petits animaux ou tenu des propos horribles devant lui, ou toutes ces choses que l'on lit fréquemment dans les magazines. Il avait dû devenir dingue, c'était cela. Dingue.
Jean-Baptiste est revenu une semaine plus tard à la prison.
Ils se sont assis l'un en face de l'autre. Thibault avait

une bosse sur le front. Jean-Baptiste a demandé :
« Salut, qu'est-ce qu'il t'est arrivé ?
– Une bagarre. C'est l'horreur ici, on fait que de me cogner. »
Il allait se mettre à pleurer.
« Tu penses que tu vas tenir le coup cette fois, je peux te raconter la suite ?
– Oui, je vais essayer, mais je comprends pas pourquoi tu veux m'en parler à moi alors qu'on ne s'est pas vus depuis le collège ? »
Thibault l'a regardé comme si c'était évident, comme si Jean-Baptiste ne comprenait vraiment rien.
« C'est juste que j'ai besoin de te parler quoi. C'est tout. »
Et il a raconté :
« Peut-être que c'est horrible ou que je suis fou, mais honnêtement, je n'ai pas eu de remords après la mort de la première petite mamie. Je me suis dit que, après tout, je ne l'avais pas touchée. Je ne l'ai pas poignardée, ni flinguée non plus, tu vois. C'est juste la chaleur. Et puis, surtout à son âge, elle allait mourir bientôt, pas vrai ? Pas vrai ? Et puis, je suis désolé, mais bon, elle n'a pas souffert. Elle s'est endormie et voilà, il faisait trop chaud pour elle. J'ai juste anticipé sa mort.
C'est pour ça que je me suis dit que, au cas où, et

très exceptionnellement quand même, je pourrais peut-être bien le refaire. Enfin, j'en étais pas certain non plus. Tu sais, aux ambulances, on ne m'a rien demandé. Des morts, on en voit tous les jours, c'est avec ça qu'on fait du chiffre. Et puis, bon, mourir quand on est vieux… Bref, le lendemain, j'ai été au boulot comme si de rien n'était, le jour d'après aussi.

Il y a deux semaines, il a fait très chaud.

Je devais emmener une mamie dans un centre pour une cure près d'Arcachon. Il y avait une sacrée distance. Je ne l'avais jamais rencontrée. Elle devait avoir le même âge que l'autre.
Au début du trajet, on a parlé un petit peu, mais franchement elle était vraiment pas aimable. C'était une sorte de vieille bourgeoise, bien propre sur elle, avec son petit chignon serré, sa broche en je sais pas quoi, et qui te fait bien comprendre qu'elle est pas du même monde que toi.
Après quelques kilomètres, elle s'est endormie. Je ne faisais que de la regarder. Mes mains se crispaient sur le volant. Je la regardais, je regardais la route, je regardais le chauffage et ainsi de suite pendant des heures. Elle ne se réveillait toujours

pas. À deux heures du centre, je me suis arrêté dans une station-service, j'ai acheté une petite bouteille d'eau. Je l'ai vue descendre de la voiture, elle venait de se réveiller. Elle est venue me voir et elle m'a dit de l'attendre car elle voulait aller aux toilettes. Quand elle est revenue, je lui ai demandé si elle avait faim. On a pris un sandwich chacun. Elle mangeait, le buste bien droit, debout à la table haute de l'aire d'autoroute. J'ai bu un coca, mais elle rien, j'étais content. Il était aux alentours de 18 heures quand on est reparti. Elle s'est rendormie quasiment tout de suite. J'ai baissé le son de l'autoradio pour que rien ne la dérange. J'ai roulé une demi-heure comme ça. Elle s'est mise à ronfler, je ne pouvais pas m'empêcher de rigoler.
J'ai coupé la climatisation et j'ai mis le chauffage à fond.

La voiture est devenue un vrai four. Il faisait hyper chaud. Bien plus chaud que la première fois. Je transpirais tellement que la sueur coulait par-dessus mes sourcils et me piquait les yeux, tu vois le truc ? La petite mamie, à côté, elle transpirait aussi mais ne se réveillait pas. Elle ne ronflait plus. Rapidement, je n'ai plus eu d'eau, je ne tenais plus dans la voiture. J'étais complètement trempé.

À un moment, j'ai cru m'évanouir et j'ai fait une embardée sur l'autoroute. J'ai fini par remettre la climatisation. Elle ne se réveillait pas. Elle était morte. Je me suis arrêté près d'une borne pour changer de chemise et me sécher le corps avec une serviette. J'avais soif, mais je n'avais plus rien à boire. En remontant dans la voiture, avant de lui sécher le visage, j'ai voulu prendre son pouls pour être sûr. J'ai posé mon index et mon majeur sur sa carotide. C'est là, c'est précisément là qu'elle s'est réveillée, la vieille ! Tu te rends compte ? Juste au moment où je plaçais mes doigts sur sa carotide. T'imagines ? Elle n'a rien dit du tout, pas le moindre mot, rien. Elle avait l'air dans le pâté, ah ça oui ! Comment elle avait pu résister ? Quelle carne ! Non mais franchement, quelle carne ! Elle avait du blanc au coin des lèvres, la dégueulasse.
J'étais dans un état d'excitation incroyable. J'ai simplement commencé à serrer sa gorge, fort, très fort, de plus en plus fort, j'en avais mal à la main. Je l'ai tuée, comme on tuerait un moineau. Elle est morte en un rien de temps.
Je l'ai séchée et j'ai redémarré la voiture. La nuit avait commencé à tomber. Nous sommes arrivés au centre. J'ai rejoué la même scène que la dernière fois. J'ai demandé de l'aide en criant qu'elle ne

se réveillait pas. Un médecin est arrivé. Il a mis ses doigts sur sa carotide, comme moi quelques minutes avant lui. Des brancardiers sont venus, sous la lumière orange d'un genre de lampadaire, ils ont étendu la vieille.
J'ai compris que j'étais foutu.
J'avais serré beaucoup trop fort. Elle avait un bleu énorme au cou. Peu de temps après, les gendarmes étaient là. »

Jean-Baptiste a quitté la pièce sans le regarder. La prison, orientée à l'est dans son dos, et le soleil couchant lui faisant face, on aurait cru Lucky Luke. À certains moments de la vie, la seule chose qui manque, c'est un cheval.
Il n'a plus jamais répondu aux lettres de Thibault et a refusé de témoigner à son procès. Sa mère a essayé d'appeler plusieurs fois. Aussitôt que Jean-Baptiste entendait le son de sa voix, il raccrochait.

IV

Et alors ?

V

L'encyclopédie Wikipédia nous apprend que Jean-Baptiste Moisan signa sa première licence en quatrième.

Sa grand-mère lui avait offert un vélo d'occasion. Un vieux Peugeot. Il s'agissait d'une bicyclette modeste, mais dont on pourrait tirer un bon parti. Un « rapport qualité-prix » tout à fait acceptable.
Le vendeur expliqua qu'il faudrait certainement changer les cocottes de freins. Il ajouta très justement que les changer serait l'occasion idéale d'y ajouter des vitesses indexées au guidon, comme pour les professionnels. Certes, le prix augmenterait, mais la qualité aussi, alors.
Jean-Baptiste, avec un mélange de joie et de tristesse dans la voix, comme seul sait le faire un enfant, demanda s'il serait possible de la repeindre. « Excellente idée ! » avait surenchéri le vendeur, on pouvait faire cela très facilement. Il s'approcha de l'oreille de Jean-Baptiste et avec un grand sourire, il susurra : « en jaune et bleu, comme les Festina ».
Sa mamie souriait en regardant son petit-fils. Elle était fière de lui. C'était un bon petit-fils et elle était une bonne mamie. Malgré tous les malheurs,

on faisait face, après tout. On était un peu comme dans un sitcom américain, les rires enregistrés en moins. Le vélo fut prêt quelques jours plus tard.
Dans son infinie bonté, et sur les conseils avisés du vendeur, sa grand-mère fit la surprise à Jean-Baptiste d'y ajouter des pédales automatiques Look. Le casque, Jean-Baptiste se l'est acheté avec ses économies, les gants aussi. Ce fut sa première panoplie de champion.
Son premier entraînement, il s'en souvient comme si c'était hier. Comme il n'avait jamais fait de compétition auparavant, on avait décidé de l'intégrer pour un mois à l'école de cyclisme afin qu'il s'aguerrisse et qu'il maîtrise parfaitement son équilibre. Il a enchaîné les séances de gymkhana : faire passer le vélo entre une série de quilles, faire pivoter uniquement la roue avant autour d'une autre quille, ramasser, sans descendre de sa machine, un bidon posé à terre d'abord, avant de parvenir à rafler une pièce de monnaie au sol.
Avec l'hiver a démarré la saison des cyclocross. Dans le froid et l'humidité, les courses organisées par les amicales laïques de communes voisines se déroulaient à travers les bois. C'est pendant ces petits critériums que l'on a remarqué les capacités de Jean-Baptiste pour ce sport.

Il remporta les quatre épreuves auxquelles il participa.
La vraie saison, celle sur route, commença en mars. Il était cadet première année. Il gagna six courses, dont l'une, où il refit seul, et en moins de 10 kilomètres, un retard de près d'une minute. On commença à parler de lui dans le journal *Ouest France*.

Tout s'enchaîna très vite.
La deuxième saison, il était cadet deuxième année : il remporta 17 courses.
La saison suivante, il était junior 1 : 6 courses remportées dont « la classique des Alpes ».
Junior 2 : 21 victoires dont celles de « champion de France junior » et « champion du monde junior ». Il arrêta l'école.
L'année d'après, il était stagiaire dans un groupe pro : aucune victoire.
Il passa professionnel. Pour sa première année : 4 victoires.
Enfin pêle-mêle : champion du monde espoir, une étape sur le critérium du Dauphiné, Paris-Tours, Liège-Bastogne-Liège, Paris-Nice, le Tour de Romandie, la Flèche wallonne, deux fois champion de France en ligne, deux fois champion de France

du contre-la-montre, 12e du Tour de France, 8e l'année suivante, 4e du Tour d'Espagne, deux étapes sur le Tour d'Italie…

VI

En même temps que Jean-Baptiste découvrait la victoire, il touchait aux limites de la souffrance.

Cette souffrance qu'aucun cycliste n'ignore.
C'est, sous une socquette blanche, la voûte plantaire qui se transforme en un véritable fer à cheval. L'ensemble du pied qui se rigidifie, jusqu'à ce que la jointure avec les orteils se paralyse. Les pieds qui s'endolorissent et des fourmillements interminables qui apparaissent.
Ce sont les mollets. Ces muscles fins et longs, qui, quand ils se contractent, quand ils durcissent et finissent figés par une crampe, sont pareils au tranchant d'une feuille de papier. Ce tranchant qui coupe sur quelques millimètres le bout d'un doigt.
Ce sont les genoux qui subissent une pression telle, que les tendinites s'accumulent. Mais la douleur la plus vive, c'est lorsque, dans un sprint, le genou frappe le bas du guidon. La douleur est sourde, interminable, elle se diffuse dans toute la jambe. Et si un coureur y va fort, vraiment fort, ce peut être la fracture pure et simple de la rotule.
Ce sont les cuisses. La locomotive du coureur. C'est là que le maximum de puissance est développé.

Après trois ou quatre heures, elles sont tellement dures que la douleur remonte jusqu'aux fessiers. Les quadriceps se tétanisent. On a vu, un jour, un gamin de 14 ou 15 ans tomber, dévasté par la douleur. Sa chute a été si violente qu'il s'est brûlé entièrement le côté droit. Quand on l'a relevé, on s'est aperçu qu'une fine tige de fer qui devait traîner sur la route lui avait traversé l'arrière de la cuisse.
C'est la selle qui broie les testicules.
C'est le dos qui n'en finit pas de faire souffrir, tant la position est inconfortable. Et pourtant, c'est encore de lui dont on se sert pour sauter sur la ligne, dans un dernier coup de rein, le gars devant soi.
Ce sont les bras. À pleine vitesse, dans une descente, le sort du cycliste relève de leur seule capacité à résister à la douleur. Ce sont les bras qui dirigent et donnent la fluidité aux mouvements. La tension s'y accumule. Parfois, dans une descente rapide, où les coudes doivent former un parfait angle droit, où les biceps et les triceps sont envahis par les secousses issues de la route, vient l'idée de se laisser tomber…
Ce sont les poumons qui s'assèchent et brûlent la poitrine, comme si une brosse métallique grattait l'intérieur du thorax.

C'est le visage, glacé par le froid, qui gratte le sol à la suite d'une chute.

La chute est un moment féerique.
Imaginez un peloton entier déboulant à 70 km/h qui s'effondre sur vous. C'est un fil invisible qui sectionne les jambes d'une armée de chevaux lancée à pleine allure.
La chute, c'est deux roues qui se frottent, ou mieux, deux guidons qui s'accrochent. Tout se passe en quelques secondes, et tout se répète irrémédiablement. C'est un ballet.
Un léger crissement de frein, un premier cri. Un autre. Les yeux se ferment. Le temps s'est arrêté.
En dehors du peloton, toute forme de vie a disparu.
Le monde est tout entier en lui. Le silence est total désormais. Il faut patienter…
Voilà, ça y est, tout s'accélère ! C'est une explosion incroyable, dantesque, terrible, hallucinante, démesurée !
Le monde est mort. Tout s'arrête.
Mais la vie est trop forte, et elle revient.
Les cadres se brisent, les rayons se disloquent, les fourches s'effondrent, les potences se rompent. Toute cette ferraille se fracasse sur les coureurs. Dans ce méli-mélo de chair et d'acier, les cadres

frappent les tibias, les têtes, les épaules. Les doigts se prennent dans les rayons. Les fourches cognent les mollets, les chevilles. Les potences broient les nez et les pommettes, les articulations se tordent, les cartilages implosent, le verni des peaux s'embrase, alors…

Alors, enfin, c'est le grand plateau.
Instant magique, prodigieux : regardez-le prendre son envol, virevolter et plonger vers ces dos offerts à lui. Regardez-le, ce chat aux 56 griffes d'acier, qui pénètre, qui s'introduit, qui s'enfonce dans les chairs. Regardez-le qui scarifie, regardez-le qui sacrifie. Regardez-le qui punit le malheureux qui espérait s'en sortir à bon compte et qui n'a pas su garder l'équilibre. Regardez-le donner la correction cent fois méritée.

Cinquante hommes sont au sol. Vient le temps des spectateurs.
Ils ont cessé d'applaudir voilà quelques secondes. Ils ont retiré les deux mains qu'ils venaient de poser sur leur tête en disant : « C'est pas vrai. » Partout, les roues pliées en forme de huit. Chacun tente d'aider à extraire les bicyclettes. On essaye de les démêler les unes des autres. On relève les gars. On se met

de la graisse sur les doigts en remettant les chaînes, mais ce n'est pas grave. Déjà, on pousse un premier coureur qui tente de repartir, puis un autre, puis un autre encore.

Évidemment, vous pensez que, si les spectateurs aident les coureurs à repartir comme cela, c'est avant tout par gentillesse ? Parce que ce sont des gens bien ? Parce que c'est vraiment trop bête de finir une course ainsi ? C'est faux.

Si on les fait repartir, ces coureurs, c'est parce qu'on n'a pas fini de les faire souffrir. On veut les voir avec leur guidoline déchiquetée. On veut les voir avec leurs bras en sang. On veut les voir avec leur cuissard lacéré repartir vers un peloton qui file à cinquante à l'heure et qu'ils ne rattraperont, de toute façon, jamais. On veut entendre ces temps toujours plus longs entre la tête de la course et ceux qui ne savent pas tenir sur leur vélo. On veut les voir repasser ceux-là, pour les douze tours de circuit restants. On veut les voir se fracasser la gueule, seuls face au vent. On veut les voir pendant qu'on est en train de crier, de la galette saucisse plein la bouche, en encourageant le fiston, tandis que le speaker hurle dans son micro de location : « Cinquante, trente et vingt sur la ligne ! Cinquante, trente et vingt sur la ligne ! »

Cinquante francs, trente francs et vingt francs pour les trois qui passeront en tête au prochain tour. Des prostituées courant vers un client.
Et là, malheur au vaincu. Ce fainéant, incapable d'appuyer sur les pédales à la première bosse venue, ce paresseux, qui se fait lâcher au bout de 85 bornes, ce traînard, pas foutu d'en claquer une, alors que c'est quand même pas compliqué de rester dans les roues comme papa l'a dit et de prendre la bonne quand elle part !
La souffrance.

C'est la Saint-Valentin aujourd'hui. Marco Pantani est seul. Marco Pantani est mort. Certes, la dépression. Certes, la drogue. Certes, le dopage. Mais par-dessus tout, il avait bien assez souffert sur un vélo.
Dans la petite chambre d'hôtel de Rimini où il est allongé, Dieu l'a autorisé à aller se reposer maintenant.

VII

On a écrit dans la presse sportive, et de façon fort pertinente, que Jean-Baptiste était un coureur avec « des qualités naturelles », qui faisaient de lui un « coureur hors norme », aux « qualités naturelles exceptionnelles », doté « d'une classe folle »...
Question légitime :
Jean-Baptiste s'est-il dopé ? Non, jamais. Pourquoi ? Mais pour la simple raison qu'il a toujours été le meilleur. Cela étant posé, ça ne servirait à rien de s'en mettre plein le sang.
Le Tour de France qu'il devait gagner commença comme de coutume un samedi par le prologue. Trois semaines et un jour plus tard, après avoir souffert comme jamais, il rapportait le maillot jaune sur les Champs-Élysées. On le fit bien vite héros national. Rendez-vous compte, plus de vingt-cinq ans après Bernard Hinault, il rendait à la France cycliste sa fierté et pour certains « son honneur ».
« Enfin ! », titra *l'Équipe,* « Invincible », titra *Ouest France,* « La gloire », titra *le Parisien*. Même *Libération* le gratifia d'un original « Moisan au sommet ».
Il fut fait chevalier de la Légion d'honneur, reçu par le président de la République et invité au journal de 20 heures de TF1. C'étaient les vacances en

France, et Jean-Baptiste était devenu le sujet dont on parle devant le barbecue, aux vins d'honneur des mariages ou dans les bistrots.

« Il est dopé ! Comme les autres !

– Lui, j'crois pas.

– Mais si.

– Mais non.

– Mais si.

– Mais non ! »

Les couvertures de magazines se succédèrent durant tout le mois de juillet et même en août. Il fit celle du *Point* dos à dos avec Zidane et la légende « Au Panthéon ? ». Une star, une véritable star.

À la rentrée, ce fut au tour des animateurs d'émissions de télévision de vouloir absolument lui poser tous les mêmes questions, les uns après les autres. Jean-Baptiste aimait ce tourbillon, cette frénésie autour de sa personne, ce frisson qui semblait parcourir la peau de quiconque s'approchait de lui.

Cette année-là, il fit l'impasse sur les championnats du monde. Une fois terminés les sollicitations médiatiques et les critériums, il s'accorda trois semaines de vacances au Sofitel de Tahiti.

Il reprit l'entraînement et conserva la même équipe, mais son salaire fixe et ses primes furent largement réévalués. Surtout, les sponsors se pressèrent pour le « signer ». Rapidement, il gagna autant d'argent qu'un bon joueur de l'Olympique de Marseille. Malgré la douleur, le froid, la pluie, ses sorties quotidiennes d'entraînement demeuraient pour lui le meilleur moment de la journée.

VIII

L'année qui s'annonçait était cruciale pour la suite de sa carrière, et monsieur Martin, l'agent que Jean-Baptiste avait récemment recruté, le lui expliqua très bien.

Monsieur Martin résumait la situation ainsi.
« Je résume la situation ainsi : cette année, vous êtes le numéro un. On a gagné beaucoup d'argent. Enfin, je veux dire, vous avez gagné beaucoup d'argent. Vous avez tout gagné, vous avez le palmarès, la gloire, la reconnaissance du public et des médias, tout. Vous vous êtes fait construire une grande maison. Votre grand-mère est désormais à l'abri jusqu'à la fin de sa vie et un avocat sérieux et cher s'occupe de votre ami en prison.
Maintenant, je vais me permettre d'être direct avec vous car j'ai réfléchi : l'année prochaine il y a trois scénarios possibles et nous devons les envisager avec sérénité et calme.
Première possibilité : vous restez au sommet. Vous gagnez tout, les médias sont encore plus fous de vous, vous devenez plus populaire que Yannick Noah et Zidane réunis, c'est l'argent, la gloire, tout. Ça s'enchaîne comme cela, année après année,

jusqu'au jour où vous n'êtes plus le meilleur. Et là, tout s'arrête d'une façon plus ou moins brutale : la presse vous descend, les sponsors se retirent, la gloire aussi, et vous terminez cinq ans plus tard à conduire des conseillers généraux dans la caravane du Tour de France… »

Monsieur Martin gérait ses footballeurs - Jean-Baptiste était son seul cycliste – comme de véritables entreprises. Tous les conseils qu'il facturait, toutes les décisions qu'il prenait l'étaient après une réflexion dont le but était une maximisation des profits. Rendement, image, bénéfices, temps/gains étaient les variables qu'il prenait en compte pour son seul objectif : ramasser le maximum d'argent.
Monsieur Martin n'était pas un agent comme on se le figure. Il n'avait rien d'un truand, il ne conduisait pas de cabriolet, il n'était même pas un sportif raté. Ajoutons que, malgré les sollicitations en ce sens, il ne mettait absolument pas de Pento sur sa chevelure.
À vrai dire, il avait fait Sciences-Po et HEC et avait été admissible au concours de l'ENA. Il répétait souvent, les yeux froncés, en rapprochant l'index et le pouce, qu'il était passé « à ça » de l'admission.
Il avait choisi le métier d'agent non pas par passion,

ou par hasard, mais par intérêt, car il y voyait un moyen d'enrichissement rapide. La fréquentation de jeunes sportifs trop tôt déscolarisés l'avait forcé à adapter son niveau de langage. Il expliquait toujours les différentes options avec pédagogie, en parlant calmement et en construisant des phrases simples. Sa véritable passion, mis à part l'argent, était la « science politique ». Il était incollable sur le dernier conflit à la mode, le président assassiné de tel ou tel pays, les relations entre la France et l'Afrique. Peu de ses clients y comprenaient quelque chose, il faut bien l'avouer, et parfois monsieur Martin en souffrait. Mais, lorsque, accompagnant à tel ou tel dîner un de ses sportifs, il pouvait rencontrer un homme politique, il ne se privait pas pour lui donner les clés, qui, à ses yeux, résoudraient certains des problèmes de la France. On le voyait aussi souvent, déambulant rue de Bourgogne, près de l'Assemblée nationale. Il avait toujours en lui cette frustration d'avoir raté l'ENA « à ça ».

Monsieur Martin continua.
« Je continue. Deuxième possibilité : cette année, vous tombez sur meilleur que vous. Les médias qui n'attendent que votre victoire vous flinguent, *l'Équipe*, en tête. Résultats : les sponsors se retirent,

l'argent avec, la gloire également, vous faites une dépression nerveuse ou quelque chose du genre, vous ne revenez jamais et vous vous retrouvez à conduire des conseillers généraux dans la caravane du Tour… »
Jean-Baptiste, qui n'avait pas perdu le fil, lui fit remarquer que, pour l'instant, dans tous les cas, l'histoire se finissait plutôt mal.
Monsieur Martin lui posa la question :
« Je vous pose la question : l'année prochaine, serez-vous encore le meilleur ?
– L'année prochaine et encore deux ou trois ans, c'est sûr, confirma Jean-Baptiste, avec une belle prétention.
– Alors, voici la troisième option : voyez-vous, monsieur Moisan, nous devons construire une sorte de légende autour de vous. Vous savez, les Français se lasseront vite d'un homme invincible, sûr de gagner… C'est normal, personne n'aime aller au cinéma en connaissant la fin de l'histoire (manifestement, monsieur Martin ignorait l'existence du film *Titanic)*. Ce qu'il faut proposer désormais au public et aux sponsors, c'est une histoire, des doutes, de l'amour, des drames, que sais-je encore… Mais il ne faut surtout pas qu'ils s'imaginent connaître la fin du film. »

Monsieur Martin ouvrit une mallette, d'où il tira une plaquette contenant un plan d'action, une histoire.
« C'est pour cela que j'ai élaboré une action en trois points. Tout d'abord le drame, et je vous prie de m'excuser de ce que je vais dire désormais, mais je pense que c'est nécessaire. Nous devons communiquer sur votre enfance, monsieur Moisan. Bon, vous êtes orphelin… »
Jean-Baptiste confirma.
« Un orphelin ! Mais un orphelin, c'est formidable ! Regardez Harry Potter, regardez Cosette, regardez Peter Pan, tout le monde aime les orphelins. C'est beau, un orphelin, c'est touchant, un orphelin. Quand on voit un orphelin, c'est comme lorsque l'on voit un petit chat. Vous aimez les petits chats, monsieur Moisan, n'est-ce pas ? Eh bien, pour les autres, c'est exactement la même chose avec les orphelins. On n'a qu'un désir quand on voit un orphelin : s'en occuper. Et puis, un orphelin, c'est forcément fragile, ça a des blessures. Servons-nous-en ! Servons-nous de vos blessures. Donnons de l'émotion au peuple, monsieur Moisan ! Je propose qu'un paparazzi vous surprenne en plein recueillement devant la tombe de vos parents, la veille d'une course par exemple. On devra tout trouver dans ce cliché, le drame, la conscience

familiale, une injustice face à la vie qui expliqueraient vos performances.
Maintenant, le doute. Nous devons faire en sorte que la presse se déchaîne contre vous avant le Tour, que tout le monde pense que vous êtes fini, terminé, rayé de la carte. Il faudra pour cela quelques contre-performances, l'annonce d'une maladie et un retrait de la compétition pour un retour spectaculaire le jour du prologue.

Ces deux premiers points, je m'en occupe. Je vous demanderai simplement la plus grande confiance.
Enfin, la troisième étape : le héros. Cette partie, elle ne repose que sur vous et c'est la partie la plus difficile.
Imaginez : après une année terrible, vous revenez plus fort que jamais et vous prouvez à tous ceux qui n'avaient pas cru en vous qu'ils avaient tort, mais vous faites cela sans esprit de vengeance, juste parce qu'il fallait que vous prouviez à vous-même et, pardon, à vos parents décédés, que vous pouviez encore gagner… »
Jean-Baptiste a dit d'accord.

IX

Jean-Baptiste a démarré tard sa saison car il ne cachait pas que son objectif était le Tour de France. Cependant, il faisait partie de ces rares coureurs à pouvoir gagner également des classiques et l'attente était forte sur les courses de printemps.
Il a commencé par quelques épreuves sans importance avant de s'engager sur le Paris-Nice. Il termina à la quatrième place, ce qui, compte tenu de sa préparation tardive, était bien au-dessus de ses ambitions. Il était le plus fort, cela ne faisait aucun doute. Vinrent les Classiques ardennaises. Au Tour des Flandres, il s'est contenté de rester dans les roues, en vue de l'épreuve du dimanche suivant qui, selon monsieur Martin, devait marquer le début de son plan : Paris-Roubaix.

Le 7 avril, soit trois jours avant la course, monsieur Martin a organisé la fausse « paparazzade ». Un photographe s'était placé dans un angle permettant de prendre des clichés de Jean-Baptiste et de la tombe de ses parents qui, par chance, partageaient le même intérieur.
Quelques minutes plus tard, Jean-Baptiste est arrivé. Il a poussé la grille blanche du cimetière

marin. Les gravillons ont crépité sous ses baskets. Monsieur Martin était là et il a indiqué au coureur, qui n'avait jusqu'alors jamais accepté de se rendre au cimetière, où se trouvait le caveau familial.
Jean-Baptiste s'est approché lentement et a répondu au signe de la main du photographe. Le temps était frais et le vent qui lui faisait froncer les yeux donnait beaucoup de gravité à la scène.
Jean-Baptiste a regardé la tombe, puis la mer, la tombe, puis la mer, la tombe, puis la mer. Il ne savait pas bien comment se comporter devant ce bloc de granit. Il n'a pas pensé à quelque chose en particulier. Ses yeux sont longtemps restés fixés sur les dates, et sur les prénoms, qui résumaient la vie de ses parents. Il a regardé une petite vieille qui nettoyait une tombe. Il a vu une voiture passer le long du cimetière. Il a fourré ses mains au plus profond de ses poches, bloquant, entre son coude et son flanc, les quelques roses blanches qu'il était censé déposer. Il se sentait un peu stupide comme ça.
« Je me sens un peu stupide comme ça, monsieur Martin !
– Mais non, pas du tout. C'est très bien, monsieur Moisan. Encore une ou deux photos et c'est terminé. »

Le temps lui paraissait drôlement long, et il était impatient que le monsieur fasse ses photographies car il fallait qu'il aille s'entraîner après. Un vieil homme au dos voûté a voulu entrer dans le cimetière, mais, en voyant le photographe, il a fait demi-tour. Jean-Baptiste a continué à attendre pendant que le paparazzi modifiait ses cadrages. Tout doucement, vraiment tout doucement, presque au ralenti, une larme a commencé à couler sur la joue de Jean-Baptiste. C'était une toute petite larme, une larme de bébé, une larme de rien du tout. Puis, cette larme a grossi, grossi, grossi encore. Puis d'autres larmes sont arrivées. Monsieur Martin a pensé que c'était absolument parfait.
Après la dernière larme, Jean-Baptiste s'est écroulé dans les gravillons. Monsieur Martin a pensé qu'il en faisait peut-être un peu beaucoup. Mais Jean-Baptiste n'a pas répondu après que le photographe a dit : « Merci, c'est bon. » Alors, monsieur Martin l'a aidé à se relever. Il était tout pâle, et tout fragile, Jean-Baptiste, et tout léger aussi.

X

On courait Paris-Roubaix trois jours plus tard. La pluie n'avait pas cessé depuis le 5, ce qui promettait une course dans la grande tradition : avec des bordures, des chutes assez graves pour entraîner des fins de carrière, des visages creusés, des milliers de personnes sur les routes et des images télévisées à peine visibles.

Si l'on exclut le Paris-Roubaix espoir, c'était la première fois de sa carrière qu'il participait à cette course. Il faut avouer qu'il craignait la mauvaise chute, ou l'incident, qui aurait mis tout le plan de monsieur Martin à l'eau.

Les photos parues dans la presse, la veille de la course, dévoilaient un nouveau Jean-Baptiste Moisan. On l'y voyait séchant une larme, deux fleurs à la main. Il y apparaissait plus humain. Il était certes un grand champion, mais un champion fragile. On découvrait, tout en critiquant le paparazzi qui ne lui avait pas laissé ce moment intime, que Jean-Baptiste était avant tout un orphelin. Alors, comme seule sait le faire une nation, le peuple tout entier décida d'être son père, la France serait sa mère. Car, après tout, un fils ne doit-il pas tout faire pour rendre ses parents heureux ?

Le briefing dans le bus a commencé par l'annonce d'une décision que venaient de prendre les commissaires de course : les oreillettes étaient interdites. Le directeur sportif déblatéra son discours habituel et Jean-Baptiste l'écouta, privilège du leader, avachi sur la banquette du fond.

Ce fut à Jean-Baptiste de parler :

« Aujourd'hui, j'ai de bonnes jambes. C'est une course que je ne connais pas bien, mais y a moyen de faire un truc. C'est 260 bornes, c'est long. On s'affole pas. Thomas et Sylvain, faut être dans les coups. Régis et Julien, on reste tranquilles au moins la première moitié, on mate comment roulent les Belges. Les autres, il faut des gars devant, la course c'est devant. *A priori,* ça devrait bordurer assez vite car il y a beaucoup de vent et le temps est dégueulasse. Les bordures, c'est à nous de les faire, on ne doit pas les subir. Sinon, comme l'a dit le coach, faites gaffe à vous, c'est une course dangereuse. J'empêche personne de faire la course. »

Dans ces moments, ils sont un bataillon. Il faut les voir, ces hommes. Leurs vélos sont leurs chars, leurs mollets leurs armes, leurs accélérations leurs mines et leurs échappées leurs assauts. Jean-Baptiste voyait les sept coureurs le regarder avec une telle fascination, une telle admiration, qu'il remercia Dieu d'avoir fait de lui le meilleur.

Il vint signer la feuille d'émargement. Au podium, le speaker Daniel Mangeas l'accueillit comme il se devait, c'est-à-dire en héros. Il récapitula au passage tout son palmarès, depuis sa première année de cadet jusqu'à ce Tour où, enfin, Jean-Baptiste Moisan avait rendu à la France sa grandeur. Ensuite, il l'éloigna de quelques mètres afin de lui demander en privé ses impressions sur la course et ses sensations. Il n'omit pas de lui faire remarquer que le mauvais temps ne jouait pas pour lui car Mangeas connaissait sa préférence pour les fortes chaleurs. Mais Jean-Baptiste savait ce que le speaker voulait réellement et cela ne tarda pas :

« Mesdames, messieurs, bonsoir… »

Un bras posé sur l'épaule de Jean-Baptiste, le micro coupé, Mangeas se lança. Il imitait Giscard ! Ou plutôt il imitait Thierry le Luron imitant Giscard.

Il regardait le coureur, l'œil rieur. Il secoua légèrement la tête en arrière comme pour dire : « T'as vu ? » Jean-Baptiste leva le pouce. Daniel Mangeas avait cette manie touchante de toujours imiter Giscard. Il s'entêtait dans cette imitation précise, alors que, avec son physique, un simple gonflement de joues lui aurait permis d'imiter Pierre Bachelet à la perfection.

La course a démarré lentement, les gars étaient démotivés par la pluie qui ne cessait pas et le vent qui soufflait de plus en plus fort. Cependant, un coup partit au kilomètre 30. Il était composé de huit coureurs. Malgré l'absence d'oreillette, on sut rapidement que Thomas en faisait partie. Les huit se présentèrent en tête au premier secteur pavé situé aux environs du centième kilomètre. Jean-Baptiste le traversa dans la rumeur du peloton six minutes plus tard. Long de 2 200 mètres, il ne présentait pas de réelles difficultés. Le deuxième secteur se trouvait quatre kilomètres plus loin et était beaucoup plus technique. Tous les coureurs frottaient de façon incroyable pour se présenter dans les meilleures positions possibles à son entrée.

Attention ! Un coup de frein, un bruit de ferraille, et de superbes images pour la télévision. Vingt gars et une moto se sont foutus au tas, dont un coureur de l'équipe de Jean-Baptiste.

La course s'est vraiment animée quand une équipe belge, à la sortie du secteur 21, a placé cinq coureurs en tête. Ils ont accéléré brutalement. Une

bordure s'est formée, un premier éventail de quinze coureurs a étiré le peloton sur 300 mètres. Un Espagnol aux alentours de la soixantième position a décroché. Il a entraîné avec lui les 120 garçons qu'il précédait. Pour eux, la course s'arrêtait, de fait, au kilomètre 150. L'allure est restée très soutenue et les coureurs ont commencé à tirer la langue avec toute cette pluie et surtout tout ce vent. Julien et Régis protégeaient Jean-Baptiste, qui restait là, dans leur sillage, à sucer les roues. Les Belges ont continué à faire le boulot pour leur leader.
Ils étaient encore une cinquantaine au kilomètre 164 qui marquait le début de la trouée d'Aremberg. Un Belge menait, Jean-Baptiste était en septième position. Cela roulait vraiment vite, quand il a senti que sa roue arrière chassait dangereusement. Il a mis pied à terre et a constaté une crevaison. Il a enlevé la roue en attendant sa voiture. Celle-ci était très loin des coureurs. Lorsqu'elle est enfin arrivée, un mécanicien en est sorti et, en quelques secondes, il a décroché un vélo du toit.
« Avec cette boue, t'auras pas de trop avec un vélo clean ! » a-t-il crié.
Jean-Baptiste a enfourché sa machine et s'est remis à rouler, la gueule dans le vent. Régis s'est arrêté pour l'aider à revenir, mais après à peine cinq cent

mètres, il a décroché. Mais Jean-Baptiste n'était pas seul, oh non ! Une moto caméra de France 2 s'était portée à sa hauteur pour suivre maintenant sa remontée dans la trouée d'Aremberg.
Dans l'incident, il avait concédé une minute trente au groupe de tête. Il savait que, pour avoir ses chances dans le final, il fallait revenir le plus vite possible et il faisait tout pour cela. Il a doublé les premiers distancés, qui ont tenté de prendre sa roue mais qui n'ont pris qu'un coup de vent. Les commentateurs décrivaient avec une belle sagacité son exploit et son style qui était si caractéristique, le champion enfonçait les pédales et s'arrachait à la route…
Nerveux, Jean-Baptiste tentait de revenir trop rapidement. Son cœur battait à 183 pulsations par minute. Il était aux portes de son seuil le plus élevé. Il savait que ces efforts se paieraient.
À la sortie d'Aremberg, il n'avait pas rejoint le peloton, pire encore, le caméraman lui a crié : « Une minute douze. » Malgré ses efforts, le vent de trois quarts face le défavorisait et il n'y avait aucune chance pour que ses adversaires l'attendent. Alors, « perdu pour perdu », Jean-Baptiste a décidé de tenter « le tout pour le tout ».
Les mains au bas du guidon, il s'est mis en danseuse

et a entrepris d'accélérer comme s'il tentait une échappée. Son cœur est monté à 192 pulsations, soit son rythme le plus élevé. Il prenait beaucoup de vitesse. À ce moment, les commentateurs évoquèrent des ressources morales hors du commun. Il a encore haussé sa fréquence de pédalage, ses jambes lui faisaient mal. Il a doublé d'autres largués. Après quelques kilomètres comme cela, le caméraman lui a crié : « 28 secondes ». Il a repris confiance. Quelques instants plus tard, il commençait à remonter la file des voitures, il savait qu'il allait revenir.

La caméra de France 2 s'est éloignée. Après treize bornes d'effort, il avait enfin rejoint l'avant de la course à l'entrée du secteur Hornaing/Wandignies-Hamage. Revenu à la quinzième place à la sortie, il en a profité pour manger deux pâtes de fruits. Julien était toujours dans le groupe, tandis que Thomas, qui venait d'être repris, ne parvenait pas à y rester. La pluie a redoublé et le vent s'est encore renforcé. On voyait de plus en plus souvent, sur l'écran de télévision, le chiffon sali d'un caméraman qui tentait de nettoyer son objectif.

Les trente kilomètres suivants permirent à Jean-Baptiste de reprendre des forces. Mais l'effort précédent lui avait fait beaucoup de mal.

C'est au Mons-en-Pévèle que le Belge est passé à l'attaque. Il a démarré comme une bombe, Julien a sauté dans sa roue, Jean-Baptiste lui a emboîté le pas. Un Suisse a fait la même chose. Le Belge a mené les trois kilomètres du secteur à bloc. À la sortie, il a demandé d'un coup de coude à Julien de prendre le relais. Julien a hésité. Il a regardé Jean-Baptiste qui lui a crié : « Vas-y, Juju. »
Ils étaient quatre devant. Dans la cabine des commentateurs, on a parlé d'un incroyable mano à mano à quatre.
Chacun a pris ses relais avec régularité, abritant les autres du vent qui soufflait toujours de la gauche. Leur avance a augmenté très vite, et quand l'ardoisier a affiché une minute vingt-quatre, ils ont compris que jamais ils ne seraient repris.
Ils avaient parcouru 230 kilomètres. Tous souffraient.
Arrivé à la hauteur de Jean-Baptiste, Julien lui a dit : « J'suis mort.
– Tu t'accroches. Dans dix bornes, c'est le carrefour de l'Arbre, t'en mets une là, O.K. ? »
Julien a dodeliné de la tête et a soufflé si fort que ces lèvres ont remué un peu comme celles d'un cheval après l'effort.
Dix bornes plus tard, Julien, comme un bon petit

soldat qu'il était, en a posé une. Il a attaqué. Le Belge l'a accroché, tandis que Jean-Baptiste est resté en troisième position, le Suisse dans sa roue. Julien devait avoir les jambes très dures car il n'a pas gardé le rythme longtemps. Aussi, à l'entrée de la deuxième portion du secteur :

« Attaque ! Attaque de Moisan ! » ont hurlé les commentateurs.

Il a déposé Juju et le Suisse sur place, on aurait cru qu'ils s'étaient arrêtés Les mains en haut du guidon, assis sur sa selle, Jean-Baptiste donnait tout. Pourtant, le Belge restait au contact. Jean-Baptiste a persisté.
À la sortie du secteur, il a fait signe au Belge de passer. Il a refusé une fois, deux fois, trois fois, avant de passer à l'attaque. Une attaque tranchante. Jean-Baptiste a perdu trente mètres d'un coup. Il voyait le Belge tourner les jambes à toute vitesse, et prendre de l'avance, il ne distinguait même plus son dossard. Jean-Baptiste a pensé que c'était fini. Mais il ne voulait pas. Alors, il a commencé à reprendre un mètre, puis deux, puis quinze, puis il est revenu dans le sillage et, pour montrer qu'il était fort, il a repris le relais directement. Il a été

rassuré quand il a doublé le Belge et qu'il a pu voir son visage déformé par la douleur.
Ils ne sont maintenant plus que deux à pouvoir gagner.

À dix kilomètres, Jean-Baptiste a pris une dose de gelée royale. Dernier secteur pavé.

Neuf kilomètres.
Le Belge a attaqué encore, Jean-Baptiste l'a contré.

Huit kilomètres.
Le directeur sportif de Jean-Baptiste est monté à sa hauteur, l'a regardé, n'a rien dit.

Sept kilomètres.
« Poursuivants 1 » cinquante-sept secondes, « poursuivants 2 » quatre minutes quarante-trois secondes.

Six kilomètres. Au loin, Roubaix.

Cinq kilomètres.
Jean-Baptiste a bu pour la dernière fois. Le goulot du bidon qui était recouvert de boue a donné à l'eau un goût de terre.

Quatre kilomètres.
Ils sont entrés dans Roubaix.

Trois kilomètres.
Jean-Baptiste a refusé de prendre le relais.

Deux kilomètres.

La flamme rouge.
« Attaque ! Attaque de Moisan ! » ont beuglé les commentateurs. La moitié de la France du dimanche après-midi s'est mise debout et a penché sa tête comme pour mieux voir l'écran de télévision.

Sept cents mètres.
La foule a hurlé, mais le vent, la pluie ont fait davantage de bruit.

Cinq cents mètres.
Il a tiré sur la fermeture de son maillot.

Quatre cents mètres.
Il est entré seul sur le vélodrome.

Trois cents mètres.

Il s'est retourné une fois.

Deux cents mètres.
Il est dans le dernier virage, ne pas tomber.

Cent mètres.

Il n'a pas entendu la foule. Il n'a pas perçu le vent. Il n'a pas senti la pluie. Il est vide. Exténué, il n'a levé qu'un seul bras, il n'a pas eu la force de lever la tête. « Smith et Carlos, les Black Panthers, jeux Olympiques de Mexico… » Il n'a rien revendiqué du tout, mais on mettra sa photo et la leur en parallèle le lendemain dans tous les journaux. Il est une icône.

Après ?

Eh bien, il a enlevé ses gants, il s'est frotté le visage avec l'intérieur de sa main. Il est monté sur le podium sans même s'en rendre compte. C'était comme s'il flottait. Une miss s'est approchée et Johan Museeuw lui a tendu le pavé. Il l'a saisi, puis il l'a brandi.
En descendant, il a répondu à une interview pour la télévision. Il a pu enfin rejoindre les douches du vélodrome. Il a ôté avec difficulté le maillot

détrempé qui lui collait à la peau. Il s'est assis sur un banc en bois. Il a plongé la tête dans ses mains. Le Belge est passé et lui a donné une légère tape dans le dos. Il n'a pas relevé les yeux. Il a commencé à trembler. Peut-être était-ce le froid, peut-être était-ce la joie d'avoir gagné, peut-être était-ce de l'angoisse, peut-être n'était-ce rien ? Un journaliste l'a pris en photo.
Jean-Baptiste a soufflé trois fois. Il a redressé la tête. Il a retiré ses chaussures, ses socquettes, son justaucorps et son cuissard. Il s'est dirigé dans un de ces box en béton qui constituent les douches du vélodrome. L'eau tiède a fait couler la salissure de la terre. Il l'a sentie qui descendait au creux de ses reins, entre ses cuisses, le long de ses mollets. Il l'a regardée tourbillonner au sol avant qu'elle ne soit avalée par le siphon. Un coureur lui a demandé du gel douche. Il lui en a prêté. L'autre a dit : « merci ». Jean-Baptiste a posé son front contre le ciment et a fermé les yeux. Il a tenté de percevoir chacune des gouttes qui battaient sa peau, mais il n'y est pas parvenu.

XI

Après cette victoire, conformément au plan de monsieur Martin, Jean-Baptiste a stoppé sa saison. Une semaine plus tard, on a annoncé que son état de santé s'était dégradé et que l'on ne savait pas ce qu'il avait vraiment.

La semaine suivante, on évoquait quelque chose de grave, mais dont on préférait taire le nom. Certains ont pensé que l'« on en disait trop ou pas assez ». La rumeur était lancée.

Après un mois sans information supplémentaire, *l'Équipe* osa enfin titrer :

« Moisan, l'étoile filante ? »

Juin était là, Le Dauphiné approchait. Jean-Baptiste est revenu du Québec où il était parti s'entraîner en secret. Il a fallu qu'il rende visite à sa grand-mère qu'il n'avait pas vue depuis le mois d'avril. Elle habitait dans la grande maison qu'il lui avait offerte.

Elle avait tenu à reproduire l'ancienne chambre de Jean-Baptiste à l'identique, ou du moins, à en garder l'esprit. La vieille télévision avait été remplacée par un écran plasma, la Nintendo était devenue une Wii, le poster de Mohamed Ali détruisant Sonny Liston avait été remplacé par le cliché original encadré et signé, et elle avait préféré un parquet de belle facture au linoléum. Au final, cette chambre n'avait rien à voir avec celle que Jean-Baptiste avait connue enfant. Mais il s'en fichait.

Le lendemain de son arrivée, il est parti s'entraîner. À sept heures du matin, il est monté sur son vélo pour une séance de cinq heures. Il a repris les routes de son enfance. Monsieur Martin avait communiqué sur le fait que Jean-Baptiste avait « fébrilement repris l'entraînement ». Cependant, il lui avait conseillé d'enfiler le maillot d'une autre équipe afin d'éviter qu'on ne le reconnaisse.

Jean-Baptiste a dépassé Lannion. Poussé par un fort vent de dos, il a progressé à une allure rapide. En arrivant en haut des virages qui surplombent Saint-Michel-en-Grève, il a mis tout à droite, grand plateau petit pignon. Joueur comme un junior, en position aérodynamique, il s'est laissé aspirer par la descente. Un premier virage à gauche assez large, un à droite plus serré, où il a dû ralentir un peu. Il a relancé juste avant un autre virage, grande courbe à droite et à fond jusqu'en bas du bourg, virage à gauche très sec.

Il a débouché sur la route qui longe la grande plage. Les drapeaux des Côtes-d'Armor, de la Bretagne, de la France et de l'Europe claquaient au vent.

Au loin, des kite-surfeurs se prenaient pour des mouettes. Sur le parking de la plage, des camping-cars étaient garés comme toujours. Un monsieur avec une grosse moustache blanche est descendu de l'un d'eux. Il n'a pas prêté attention à celui qu'il encouragera sûrement dans un mois.
Jean-Baptiste a franchi le petit pont qui enjambe le Yar. Juste avant cette rivière, à gauche, démarre une grande côte qui mène vers le village de Tréduder. C'est là qu'une fille lui a dit un jour, pour la première fois, « je t'aime ».
Les dunes dans lesquelles il a joué enfant avec Thibault ont disparu depuis longtemps. Seules quelques herbes sèches s'amusent encore avec le vent. Jean-Baptiste a levé la tête et a regardé face à lui le Grand Rocher en haut duquel il n'est jamais monté.
Personne ne l'a vu, personne ne l'a reconnu. Pourtant, il est passé. Il était là, plus vivant que jamais, poussé par le vent, piqué par le sable, sensible à ce paysage qu'il connaissait et qu'il trouvait si beau. Jean-Baptiste souriait, emporté par la joie. On peut être heureux, quoi, on a quand même le droit. Il l'était, parfaitement, à ce moment.
Cette route sur laquelle il a roulé à travers ses souvenirs est unique. C'était l'entraînement avec ses

amis. C'était le bus qui le ramenait de l'école. C'était son cerf-volant rouge. C'était lui au guidon de sa Mobylette avec cette fille qui s'accrochait fort à sa taille.

Il a poursuivi sa route. Il s'est enfoncé dans des terres hostiles : Plestin-les-Grèves, Trémel, Guerlesquin, Plouaret, Le Vieux-Marché, Brélévenez… Ces villages, si familiers autrefois, lui apparaissaient, aujourd'hui, comme exotiques. Il n'avait pas quitté ces lieux depuis si longtemps, il y revenait même souvent pendant les vacances. Il avait l'impression de pouvoir décrire les routes mille fois empruntées de chaque hameau, l'odeur de chaque chemin, les couleurs des fleurs au bout des jardins de chaque maison. Pourtant, ce matin, c'était comme s'il y posait son regard pour la première fois. Le gris des ardoises, les volets fraîchement repeints, les allées de graviers, les calvaires et les petites chapelles, le vent dans le blé en herbe, tout ce qu'il voyait lui paraissait extraordinaire et le faisait se sentir bien.
Un homme se porta à sa hauteur.
« Bonjour…
– Bonjour, a répondu Jean-Baptiste.
– Mince, c'est vous ?
– Ça dépend de qui tu parles.

– Je suis votre plus grand fan. Si on m'avait dit ça ce matin…
– Dit quoi ?
– Que je vous verrais, tiens.
– D'abord dis-moi "tu", je prends quinze ans à chaque fois que tu me dis "vous". »
La rêverie de Jean-Baptiste l'avait fait ralentir. Ce simple cyclo était parvenu à le rattraper à la faveur d'une descente où son poids l'avait favorisé. Le souffle court, l'homme a continué :
« Depuis Hinault, il n'y en a jamais eu un comme toi. Je suis tellement fier. Tu t'imagines pas. Alors, ça y est ? T'as repris l'entraînement ?
– Oui, tout juste, mais de façon fébrile.
– Tu sais que ma sœur a été ton professeur. Yolande Levasseur, elle était professeur de français, tu t'en souviens ?
– Non, ça ne me dit rien. Mais, en tout cas, tu lui diras bonjour de ma part.
– Elle est décédée. Il y a un peu plus d'un an. Un cancer. Mais elle aimait bien regarder tes courses le dimanche à la télé.
– Ah, mince. Je suis désolé. »
S'il avait su comme Jean-Baptiste avait pu la maudire.
Ils ont traversé Lannion en discutant. L'homme

était sympathique. Après lui avoir fait remarquer les belles couleurs que donnaient les hortensias, cette année, il voulut même lui offrir un verre. Jean-Baptiste a décliné la proposition, car « l'entraînement, c'est sérieux, tu comprends ». En bas de la côte de l'ancienne route de Morlaix, 15 % de pente, le cyclo lui a dit, l'air désappointé :
« Ah, tu vas par là ?
– Oui, c'est pour prendre de la force.
– C'est drôlement raide, mais bon, je vais essayer de suivre. »
Il n'a pas suivi longtemps. En haut de la bosse, Jean-Baptiste a pris le rond-point et est redescendu vers la ville par la nouvelle route.
À midi vingt, il est arrivé chez sa grand-mère.
« Ça a été ?
– Oui, super. »
Il a pris une douche et s'est rasé les jambes. Il a enfilé un short et un polo. Blanc de dinde, haricots verts. Il a fait une sieste au bord de la piscine. Il a lu *l'Équipe,* on n'y parlait pas de lui. Il a répondu à une interview téléphonique pour un journal italien. Il a confirmé sa reprise fébrile de l'entraînement. Il a annoncé qu'il ne participerait pas au championnat de France mais qu'il ferait tout pour être présent sur le Tour. En fin d'après-midi, il a commenté sa

journée sur Twitter, comme le lui avait conseillé monsieur Martin : « Petite sortie d'entraînement, moral bon. »

Le soir, dans son lit, Jean-Baptiste, les bras croisés derrière la tête, observait le plafond avec attention. Il repensait à madame Levasseur. Elle était finalement morte.

Sa pensée divaguait. De madame Levasseur, elle passa à son frère, le cyclo. De son frère, le cyclo, elle passa aux hortensias qui donnaient vraiment de belles couleurs cette année. Des hortensias qui donnaient vraiment de belles couleurs cette année, elle passa à sa grand-mère qui pensait en planter en septembre. Et comme toujours, sa pensée aboutit à sa maman.

Jean-Baptiste ne vivait que pour lui-même et depuis quelque temps déjà il se sentait seul et las. Il avait peur mais il n'aurait pas su l'expliquer. Quelque chose lui manquait. Pourtant, il n'avait envie de rien. Il était arrivé au bout. Quel objectif pourrait encore le motiver, lui donner envie de se lever ?

Il fallait qu'il enfile son maillot, il fallait qu'il se rase les jambes, il fallait qu'il batte les autres, il fallait qu'il arrive premier. Arriver premier, d'accord, mais où ? Il en avait franchi des lignes d'arrivée en tête, il en avait largué des hommes, il en avait fait pleurer des adversaires. Et pourquoi ? Parce qu'il le fallait ? Parce que c'était sa raison de vivre ? Parce qu'il était payé pour ça ? Cela n'avait aucun sens.

Il a observé ses mollets. De grandes veines bleues les striaient. Il a caressé ses chevilles l'une contre l'autre, il aimait sentir la douceur de ses jambes. Il a frotté la petite cicatrice qu'il portait sur son genou droit, il ne se rappelait plus comment il se l'était faite. Allez, il fallait dormir. Ça irait mieux demain. Il a éteint la lumière.

Son cœur s'est mis à battre de plus en plus fort, sa respiration s'est accélérée. Il a rallumé. Il a soufflé trois fois et s'est donné deux petites gifles. Il s'est calmé, enfin.

Depuis sa chute au cimetière, chaque soir, il sentait le même mal-être s'insinuer en lui. La nuit tombée, il tendait l'oreille pour surprendre des lutins, des vampires, ou des fantômes qui viendraient au pied de son lit pour lui chatouiller les orteils. Comme quand il était petit. C'était loin, mais c'était présent. La semaine passée, il s'était même levé pour vérifier qu'il n'y avait pas de monstre dans le placard de sa chambre. Son cœur sonnait creux dans son torse. En se recouchant, il s'était senti tout vide.

La chose qui lui venait à l'esprit et qui l'apaisait

dans ces moments, c'était son âge, 27 ans. Bien sûr, c'était absurde d'avoir peur de cela à 27 ans. Les gens avaient toujours voulu qu'il grandisse et lui, stupide comme il l'était, il les avait écoutés. Alors voilà que, dans son lit, il était grand maintenant. Un grand, ça n'a pas peur d'un fantôme ou d'un vampire. Un grand, ça sait calmer ses peurs. Un grand, ça n'a pas besoin que son père vienne lui souhaiter bonne nuit en l'embrassant sur le front.
Mais surtout il fallait arrêter avec ces histoires de grands, de petits, de fils, de parents. Il fallait devenir un homme, oui ! Une personne qui sache se construire seule. Il fallait en prendre conscience surtout. Il avait toujours été seul.
C'est sûr, il ne fallait pas qu'il compte sur ses parents pour l'aider, ce soir comme tous les autres soirs. Ils étaient morts. Il leur en voulait tellement pour ça, pour ne pas avoir été capable de vivre. Pourquoi n'étaient-ils pas restés avec lui ?
Contrairement à ce qu'avaient écrit les journalistes, les victoires qu'il engrangeait n'étaient pas là pour les rendre fiers. Fiers de quoi ? Ils étaient morts. Morts !
Tant pis pour eux, pensa Jean-Baptiste. *Ils étaient faibles. Moi, je ne le suis pas ! Non, certainement pas. Je ne subis rien, moi. J'ai gagné le Tour de France, moi.*

Je donne des frissons au monde entier, moi. Eux n'ont même pas réussi à m'apprendre à faire du vélo sans roulettes, eux n'ont même pas vu mes quinze ans, eux n'ont même pas réussi à m'empêcher d'avoir peur des fantômes. Eux n'ont même pas réussi à s'accrocher à la vie. Ils m'ont laissé seul, ces salauds.

Et puis, ces histoires d'amour, quels mensonges. Son père ne l'avait jamais aimé, il était mort avant. Sa mère l'avait peut-être aimé quelques secondes. Et encore, comme si on pouvait aimer comme ça un morceau de viande plein de sang pour la seule raison qu'il sort de son ventre. Quand bien même, ça lui faisait une belle jambe à Jean-Baptiste.

Pourquoi lui manquaient-elles comme ça, ces deux personnes si faibles et qui n'avaient même pas eu le temps de l'aimer ? Pourquoi ?

Il remarqua que la peinture commençait déjà à s'écailler aux abords du lustre. Ça, c'était vraiment le genre de choses qui avait le don de l'exaspérer.

Soudain, il eut un flash. C'était cela la clé. Son âge. Il lui fallait rejoindre le « club des 27 ». Ce groupe prestigieux qui comprenait Janis Joplin, Kurt Cobain ou encore Jimmy Hendrix, tous décédés à 27 ans.

Lui aussi serait éternel. Lui aussi serait une légende. Il n'aurait plus rien à prouver à qui que ce soit.

Il n'aurait plus peur. Il retrouverait peut-être même son père et sa mère, qui sait ?
La difficulté pour rejoindre cette bande est que l'admission est, somme toute, radicale. Jean-Baptiste n'avait jamais envisagé de mourir. Pour tout dire, il y avait peu de chances que cela arrive dans l'année. Comment faire ?
Jean-Baptiste composa le numéro de monsieur Martin. Monsieur Martin ne décrocha pas. *Celui-là, il est comme les autres. Évidemment il n'est pas là. C'est encore à moi de tout décider, de tout savoir.*
Alors, les bras croisés derrière la tête, Jean-Baptiste a su ce qu'il devait faire. Le lendemain, il se suiciderait.

XII

Pisser dans un tube en verre peut-il vous sauver la vie ?

Il n'existe pas de monographie sérieuse du test urinaire. Nous le déplorons. Cette pratique est pourtant largement répandue, notamment pour ce qui concerne les tests de grossesse. Mais ils détectent la vie, ils ne la sauvent pas à proprement parler.

Alors, pisser dans un tube en verre peut-il vous sauver la vie ?

Bien sûr, répondrez-vous, des milliers de personnes ont été sauvées grâce à cela. Des milliers de malades ont pu être diagnostiqués par ce moyen et cela leur a sauvé la vie.

C'est vrai.

XIII

On a sonné à six heures.
Sa grand-mère a monté l'escalier quatre à quatre, a frappé à la porte de la chambre de Jean-Baptiste et, l'air paniquée, elle a dit :
« Réveille-toi, vite. »
Jean-Baptiste n'a rien répondu. Elle a frappé de nouveau à la porte et a dit plus fort :
« Y a de l'antidopage à la porte ! »
Jean-Baptiste a sursauté :
« De quoi ?
– Lève-toi ! Y a l'antidopage qui est là.
– Le quoi ?
– L'antidopage, je te dis.
– L'anti… quoi ?… L'AFLD ?
– Je sais pas, je ne leur ai pas ouvert.
– Mais va leur ouvrir, grouille-toi ! »
Jean-Baptiste s'est levé calmement de son lit. Il a relevé le Velux.
Il s'est rappelé qu'il avait prévu de se suicider aujourd'hui.
En mettant son caleçon, il s'est rendu compte qu'il bandait. Il s'est dit qu'il vaudrait mieux que ce soit pour une prise de sang. On a tambouriné de nouveau à sa porte, c'était encore sa grand-mère.

« Ils sont en bas, c'est deux agents de l'Agence française de lutte contre le dopage.
– Oh, panique pas, c'est bon ! C'est mon cinquième contrôle hors compét' cette année. C'est bon. Dis-leur que j'arrive.
– Il arrive ! » elle a crié.
Jean-Baptiste a enfilé un short à carreaux bleus et son polo de la veille. En descendant les marches, il a aperçu tout le matériel nécessaire sur la table de la cuisine. Il n'y aurait pas de prise de sang, il n'aurait qu'à pisser.
Un homme se tenait à table avec sa grand-mère. Il s'est levé, il est venu au-devant de Jean-Baptiste. Il a dit bonjour, il a présenté son badge et son autorisation de contrôle. Jean-Baptiste a dit : « pas de problème ». Le médecin lui a tendu le récipient et il l'a accompagné jusqu'aux toilettes. Il s'est posté devant la porte que Jean-Baptiste n'a pas fermée pendant qu'il urinait dans le flacon. C'était compliqué avec son reste d'érection.
Jean-Baptiste lui a tendu la fiole, le contrôleur a dit merci, tout en y apposant une étiquette, et lui a dit qu'il fallait qu'il signe un papier. Jean-Baptiste s'est lavé les mains. Ils sont retournés vers la table de la cuisine.

Soudain.
Comment dire ?
Jean-Baptiste a froncé les sourcils. Il s'est frotté la paupière gauche. Il a écarquillé les yeux légèrement. Son ventre s'est mis à piquer. Il a senti comme une sensation désagréable ou peut-être pas. En tout cas, il a eu chaud, ça oui, il a eu chaud. Il s'est dégourdi une épaule. Il a gratté sa cuisse droite sans poils. Il a continué à la fixer. Il avait l'air d'un drogué, ou d'un fou, ou d'un imbécile, c'était difficile à dire.
C'était, tenez-vous bien, mesdames et messieurs : le coup de foudre !
« Oh non ! Pas le coup de foudre ! »
Évidemment, vous protestez.
Pour vous, toutes ces histoires de coup de foudre, c'est absolument horrible. Mais bon, lui, c'était comme ça.
Les gens disent toujours : « c'est le coup de foudre », « c'est le coup de foudre ». Eh oui, c'était exactement ça. C'était « le coup de foudre ». Et vous vous dites, et c'est bien normal, « Oh non ! Pas encore une histoire où le héros tombe amoureux, c'est pas vrai ! » Surtout un coup de foudre. Il faudrait peut-être arrêter de prendre les gens pour des imbéciles !

On a trop souvent entendu dire de la personne atteinte d'un « coup de foudre » qu'elle se serait dit : *« c'est elle »*, ou bien : *« c'est lui »*, et personne n'y croit, que la personne s'est vraiment dit : *« c'est elle »*, ou *« c'est lui »*. Mais c'est exactement ce que Jean-Baptiste s'est dit : *« C'EST ELLE. »*
Voilà tout.
Pour conclure, précisons qu'il ne saurait y avoir ici plus longue explication ou recherche psychologique plus poussée quant à ce phénomène du coup de foudre bien décrit par la littérature romantique du XIXe siècle et quelques films des années quatre-vingt-dix.

Elle tenait sa tasse et elle le regardait avec un sourire. Un turban orange lui enserrait la tête. Une mèche de cheveux châtains s'en était extraite et les premiers rayons du soleil levant (on se doit d'utiliser les termes « soleil » et « levant » dans le cas d'un coup de foudre) y conféraient de jolis reflets dorés.
Elle a dit :
« Bonjour. »
Il a dit :
« Bonjour. »
Il s'est raclé un peu la gorge, a cligné deux fois des yeux et a toussé.

Elle s'est levée.
En faisant le tour de la table, elle s'est cogné la cuisse contre le coin. Elle se l'est frottée à peine et elle a tendu la main à Jean-Baptiste. Il l'a serrée.
Il ne pouvait décrocher son regard de ses yeux en amande, marron, très grands, avec de longs cils, des yeux de biche vraiment, des yeux de biche. Elle a basculé la tête imperceptiblement sur le côté. Jean-Baptiste fixait toujours ses yeux. Il devait avoir l'air un peu étonné car elle lui a demandé :
« Ça va ? »
Il a encore toussé deux fois et a répondu avec une voix rauque et en s'étranglant légèrement :
« Ça va. »

Elle portait une marinière. Sa peau était bronzée. À son cou pendait, au bout d'une chaîne, une pépite d'or. Il a fixé son visage. Elle a encore souri. Il a souri, lui aussi. Il s'est frictionné les cheveux. Il a saisi une brioche. Elle portait un jean et des chaussures noires à talons. Il s'est dit que, sans talons, elle devait être petite. Il s'est dit aussi : *il faut que l'on parte ensemble, je vais l'emmener et nous irons à Beg Leguer nous promener sur le chemin des douaniers.*
« Tu as bien dormi ? » a demandé sa grand-mère.
Jean-Baptiste n'a pas répondu.

« Bien, merci, on vous laisse, et bon courage pour le Tour de France », a dit le médecin.
Les deux contrôleurs ont ouvert la porte et sont partis.
« Ils n'ont pas touché au café que je leur ai servi », a dit sa grand-mère.
Jean-Baptiste a haussé les épaules et s'est assis à table. Il a fini par répondre :
« Ils n'ont pas le droit d'accepter quoi que ce soit. T'as fait ton café pour rien, ma vieille. »
Elle a tout installé pour le petit déjeuner : lait, Nesquik, confiture d'abricots. Rien n'est passé.

Jean-Baptiste est monté dans sa chambre. Il a déplié le double de l'attestation de contrôle et il a allumé son Mac. Sur le papier froissé étaient inscrits les noms des contrôleurs. Il a trouvé son prénom vraiment beau. Il n'a pas eu beaucoup de mal à la retrouver à vrai dire. Elle était sur Facebook. Sur la photo de son profil, il a vu tout de suite qu'elle prenait la pose, que c'était un sourire forcé, avec toutes les dents bien en évidence comme les stars américaines. Elle habitait Paris.
Il n'a pas pu décoller son regard de l'image. Il s'est tortillé dans tous les sens, comme incommodé par quelque chose. En réalité, il ne le comprit que bien

plus tard, mais c'était tout cet amour qui cherchait un exutoire physique, sensible. Il lui a envoyé une demande d'ami et il lui a écrit un message.
Après cela, comme chaque matin, Jean-Baptiste a enfilé son Lycra et son maillot. Il est monté sur sa machine et a roulé pendant cinq heures. Il a fait une très grosse moyenne pendant cette sortie. Ses mollets brûlaient. Il a pris la direction du Menez Bré. Il avait besoin de faire des kilomètres. Il lui fallait sentir la chaleur du goudron.
Le clic des changements de braquet lui procurait un plaisir qu'il n'avait jamais eu jusque-là à l'entraînement. Il entendait les rayons fendre l'air avec une régularité indéfinissable, dans un souffle.
Il est rentré. Il a pris une douche, blanc de poulet et haricots verts. Il a préféré ne pas vérifier si elle lui avait répondu. Il a fait une sieste. Au réveil, il s'est dirigé vers la piscine.
Son ventre lui faisait mal.

XIV

Son iPhone a sonné.

C'était monsieur Martin.
« Comment allez-vous, monsieur Moisan ?
– Ça va super, monsieur Martin.
– J'ai vu que vous m'aviez appelé hier soir tard ?
– Ah oui, mais c'est bon. J'ai réglé le problème ce matin.
– Rien de grave ?
– Non, non, rien du tout.
– D'accord. Je vous signale simplement que tout semble aller pour le mieux concernant notre petit projet. Les blogs parlent énormément de vous depuis que nous avons annoncé votre reprise fébrile de l'entraînement. Tout le monde pense qu'il sera impossible pour vous de gagner le Tour. Cependant, un post nous a alerté. Il disait, je cite : "dans le vélo, on sait comment ça se passe, ils trouvent toujours les bonnes combines". Donc voilà, on risque de faire face à un afflux de scepticisme si vous revenez trop vite et trop fort. Enfin, ce que je veux dire, c'est juste : pas de blagues avec les produits interdits. Gare à tout ce que vous ingurgitez…
– Justement, j'ai été contrôlé ce matin par l'AFLD.

– Très bien, on va communiquer là-dessus. Vous pourriez twitter un petit message tout à l'heure ?
– Bien sûr, monsieur Martin.
– Parfait, monsieur Moisan – il sentait Jean-Baptiste tourmenté – rien d'autre ?
– Si justement, il y a quelque chose…
– Je vous écoute.
– Ben voilà, ça y est, je suis amoureux.
– Excellente nouvelle, la demoiselle a bien de la chance. A-t-on le plaisir de connaître l'heureuse élue ?
– Non, d'ailleurs je ne la connais pas vraiment non plus.
– Très bien, monsieur Moisan.
– C'est-à-dire que c'était un des contrôleurs. Enfin, je veux dire, c'était la contrôleuse.
– De l'AFLD ?!
– Oui, c'est ça.
– Original.
– Vous trouvez ?
– Quoi qu'il en soit, je vous souhaite tout le bonheur possible, monsieur Moisan, et vous me voyez content pour vous. Espérons simplement que cela ne pose pas de problème déontologique…
– Comment ça ?
– Eh bien, je me demande si une relation entre un

coureur cycliste professionnel et une personne membre d'une agence de lutte contre le dopage est tout à fait déontologique.
– Et pourquoi j'aurais pas le droit d'être avec une contrôleuse ?
– C'est davantage dans son cas que se posent à mon sens les problèmes. Ce que je veux dire, c'est que cela me semble relever, sinon d'un conflit d'intérêts, tout au moins d'un problème éthique.
– Éthique de quoi ?
– Éthique, déontologie, tout ce que vous voulez. En tout cas, ça me semble tout à fait compliqué. Imaginez la personne chargée d'injecter le poison d'un condamné à mort ayant une relation avec ce même homme… »
Jean-Baptiste trouva la faille de ce raisonnement grotesque.
« Sauf que là, elle m'injecte rien, ce serait plutôt l'inverse. »
Monsieur Martin comprit qu'il ne parviendrait pas à obtenir gain de cause et que Jean-Baptiste ne voulait rien entendre. Monsieur Martin abandonna la partie.
« Donc, concernant le contrôle de ce matin, un petit twit là-dessus. Je compte sur vous. Je vous l'envoie par SMS et vous n'aurez plus qu'à le poster.

– D'accord.
– Au revoir, monsieur Moisan.
– Au revoir, monsieur Martin, et une bonne journée. »

Instantanément, ou presque, Jean-Baptiste a reçu le SMS. Il a saisi son iPhone et a twitté : « Ai été contrôlé par l'AFLD ce matin, je soutiens les contrôles inopinés, stop aux tricheurs. »
Il s'est levé du canapé. Il a éteint son téléphone. Il s'est dirigé vers l'escalier et est monté dans sa chambre.
En ouvrant la porte, il a vu son Mac qui reposait sur son oreiller. Il a hésité à l'allumer pour vérifier si elle lui avait répondu ou pas. La peur de la déception l'a fait démarrer la Wii. Il a joué à *Guitar Hero* et a réalisé un bon score sur *Antisocial,* de Trust. Il s'est allongé sur son lit. Il s'est vite ennuyé.
Il a pris *Vélo Magazine* qu'il venait de recevoir. Il y faisait l'objet d'un reportage spécial où l'on s'interrogeait sur ses capacités à revenir à temps pour le Tour de France. On y interviewait toutes sortes de spécialistes et d'anciens champions. Il a parcouru l'article d'un œil distrait.
Il tentait de faire passer le temps. Mais il n'avait qu'une envie, simple et entêtante, savoir si elle lui

avait répondu ou pas. Cette attente, c'était celle des cadeaux de Noël lorsque, enfant, on doit se farcir tout le repas puis aller dormir en attendant qu'Il passe.

Jean-Baptiste n'envisageait pas vraiment de ne pas avoir de réponse, tout comme, petit, il n'imaginait pas ne pas avoir de cadeaux. Il faut dire que, depuis son adolescence et plus encore depuis ses hauts faits, il était une personne très active sexuellement. Le sport, la célébrité et, dans une certaine mesure, la testostérone étaient de précieux alliés pour lui et il s'en servait parfois plus que de raison. Son récent séjour au Québec, où on le connaissait peu, ne l'avait pas empêché de beaucoup pratiquer… Alors pourquoi cela devrait-il être différent avec elle ? Elle lui répondrait, c'était certain.

Pourtant, une inquiétude montait lentement en lui. Cette même inquiétude qui, parfois, fait douter l'enfant le plus sage de la venue du Père Noël, lorsqu'il se remémore l'unique et inavouable bêtise qu'il a faite durant toute l'année. Si le Père Noël savait ?

Cette inquiétude, pour Jean-Baptiste, c'était la déontologie qu'avait évoquée son agent. À bien y réfléchir, le risque lui paraissait finalement grand qu'elle ne lui réponde pas, se cachant derrière

une obscure conscience professionnelle. Elle était contrôleuse antidopage après tout ! Elle traquait les tricheurs de tout poil après tout ! Pouvait-elle, de façon décente, répondre à un tricheur potentiel, aussi séduisant soit-il ?
Cela commença à l'inquiéter. Toutefois, il retrouva le sourire en pensant, dans un réflexe misogyne proprement déplorable au XXIe siècle, que, après tout, elle pourrait arrêter son travail puisque lui avait la possibilité de subvenir à leurs besoins à tous les deux. Il se sentit tout à coup le cœur plus léger et il décida d'affronter la réalité en consultant ses mails.
Sa boîte de réception affichait 43 e-mails non lus. Jean-Baptiste a fait défiler les messages inintéressants, on lui proposait notamment de gagner 673 euros sur Internet en 45 minutes, ou bien d'augmenter la taille de son pénis à l'aide d'une méthode américaine vraiment sérieuse. Il cherchait la notification Facebook. Il n'y avait rien.
La vie, cette salope, s'acharnait, encore une fois.
Ses yeux sont devenus noirs et son visage, mauvais. Alors le Père Noël n'était pas passé finalement. Jean-Baptiste n'avait pas été aussi sage qu'il l'avait cru. Il n'avait rien, comme toujours. Décidément, la vie était une chienne. Il était orphelin tout de

même. Il s'était construit seul à la force de ses mollets tout de même. Il avait pensé à se suicider tout de même.

Il voulut jeter à travers la pièce la manette de sa console de jeu Wii qu'il avait saisie machinalement, mais elle resta attachée à son poignet à cause de ce satané cordon de sécurité !

Il s'effondra sur son lit, les deux bras derrière la tête. Tournant les yeux à gauche, il regarda la photographie de Mohamed Ali détruisant Sunny Liston. Qui aurait un peu pitié de lui ? Qui lui tendrait la main ? Qui l'aiderait ? Qui ? *Putain de déontologie,* pensa-t-il.

C'est alors que la vie se montra généreuse. Un nouveau mail venait d'arriver. C'était elle.

Dans son message, on pouvait lire que :

– Jamais on ne lui avait écrit une si belle lettre et elle avait bien l'impression d'éprouver également quelque chose pour lui.

– Elle voulait le voir aussi vite que possible.

– Il fallait l'excuser de ne pas l'avoir accepté comme « ami Facebook », mais cela aurait pu être mal considéré à l'AFLD pour des questions de déontologie.

XV

Nous passerons sur les détails d'organisation et de logistique mais, sachez que, à 19 h 14, en gare de Plouaret-Trégor, Jean-Baptiste a embarqué en première classe dans le train pour Paris. À 23 h 11, le TGV s'est figé gare Montparnasse.

Anna était là, qui l'attendait au bout du quai, la tête enserrée dans le turban qu'elle portait le matin. Il l'a vue. Il s'est demandé comment tout cela était possible. Il a pensé que c'était incroyable que la vie puisse s'accélérer comme cela.
Un homme est arrivé et a demandé un autographe. Jean-Baptiste ne la quittait pas des yeux. Il n'avait pas de stylo, et l'homme non plus. Alors, elle s'est approchée et elle a dit en tendant le sien :
« Tenez, si vous voulez. »
Jamais de toute l'histoire de la gare Montparnasse, et Dieu sait si elle est longue (elle fut construite en 1840, mais là n'est pas le plus important), on n'avait entendu une si belle, une si douce, une si délicate prise de parole. « Tenez, si vous voulez. » Mais ce « Tenez, si vous voulez », mais c'était la promesse d'une histoire d'amour sans pareille. C'était un enfant venant au monde. C'était Jacques Brel

chantant *Ne me quitte pas.* C'était un tableau de Monet. C'était une description de Marcel Pagnol. C'étaient deux amoureux qui s'embrassent pour la première fois. C'était la beauté de l'orchidée. C'était deux hirondelles qui s'élancent vers l'azur, c'était, c'était...

« Gérard ! Voilà, c'est pour Gérard, Alexandre et Michel. Non, Michelle avec deux "l" et un "e". Michelle, c'est ma femme. Tenez, elle est là. Dis bonjour à monsieur, Michelle. Mais dis bonjour ! Oh, quelle empotée celle-là, mais elle est timide, vous comprenez.

Alexandre, c'est mon gamin. Il adore le vélo, mais bon, il préfère le foot quand même. Il est bien comme son père celui-là ! Et Gérard et bah Gérard, c'est moi, oh tu sais, je suis ton plus grand fan. Tu sais, depuis Hinault, y en a jamais eu un comme toi. J'espère que, cette année, ça va être bon pour le Tour, parce que, avec les Espagnols et les frères Schleck, ça va être quelque chose, surtout que, cette année, les Pyrénées, ça va être copieux entre le Tourmalet, l'Aubisque et Aspin. Je connais bien le col d'Aspin, on a de la famille dans le coin et on y va presque tous les ans. Enfin, tous les ans, j'exagère, mais bon, on y va quand même souvent. Le pire, dans les Pyrénées, c'est pas encore les cols, c'est les

Basques ! Oh moi, quand je les vois à la télé qui courent comme des ahuris à côté des coureurs, eh bah, moi, tu sais, ça me rend dingue ! Ça te fait pas peur à toi de voir des malades comme ça courir à côté de vous, alors que la route est drôlement étroite quand même ? Moi, ça serait un coup de poing à gauche ! Un coup de poing à droite ! Un coup de poing au milieu ! Crois-moi. Ça serait vite stoppé tout c'cinéma !

Mais bon, faut dire que c'est pas les gendarmes qui les écarteraient les Basques ! Parce qu'ils ont peur les gendarmes, tiens ! Faut dire, le Basque, tu le taquines un peu trop et il fait tout péter, c'est un peu comme le Corse, enfin en moins pire quand même, faut pas exagérer non plus. Je suis allé en Corse une fois, en vacances, eh ben, jamais j'y retournerai, tu peux être sûr.

Voilà, Gérard, G-É-R-A-R et attends, faut pas oublier le "D" à la fin. Merci, oh oui, merci, ah ça, c'est super ! Allez viens, Michelle. Vraiment super ! »

Tout en tendant le pouce vers le haut, Gérard s'est éloigné. Anna et Jean-Baptiste sont restés à se regarder, avec tous les deux un petit sourire gêné et des pépites dans les yeux.

Avec un peu de retard, le train TER n° 862444 en

provenance de Chartres et à destination de Paris-Montparnasse venait d'arriver voie 7, quand ils se sont embrassés pour la première fois. Ils ne s'étaient pas encore parlés. Leurs dents se sont un peu cognées. Lorsqu'ils finirent de s'embrasser, ils se sont dit : « bonsoir ».
Il a saisi sa main. Ils ont traversé la gare et ils sont montés dans un taxi.

XVI

Elle à droite, lui à gauche, le taxi a emprunté la rue de Rennes pour remonter vers le XVIIe arrondissement, où elle louait un petit appartement. Dans la pénombre de la place de la Concorde, Anna a posé la main sur sa cuisse.
Le silence était complet dans la voiture, mais cela ne les dérangeait pas.

Les grands champions sont souvent comparés à des tueurs ou à des guerriers prêts à tout pour remporter la victoire. Jean-Baptiste n'échappait pas à la règle.
Il avait ce regard de rage et de fureur. C'était une chose difficile à admettre, y compris pour sa grand-mère, qui pensait que, après tout, il ne faisait jamais que « pédaler sur un vélo ». Elle ne parvenait pas à comprendre les états dans lesquels il pouvait se mettre s'il n'arrivait pas à ses fins. Par exemple, il était connu de tous qu'il était un indécrottable mauvais joueur, capable de détruire une télévision s'il perdait à la PlayStation, ou de renverser n'importe quel jeu de société, si un ami avait eu la faiblesse de le battre à la régulière.
Tout se passait dans ses yeux. Ses yeux qui ne

pouvaient s'empêcher de détruire celui d'en face, de le rabaisser, de le diminuer, pour que Jean-Baptiste puisse le croquer, comme le croquemitaine, les enfants.
Certes, il avait des amis, des personnes qu'il appréciait, des gens sur qui compter et qu'il aimait voir, à qui il avait accordé sa confiance. Mais même eux n'étaient pas parvenus à l'apprivoiser.
Jamais, depuis le jour où on l'avait appelé « Grenouille », il ne s'était défait de ses yeux noirs.
Cette fois, pourtant, son regard s'était adouci, ce qui avait décrispé son visage tout entier. Pour la première fois, c'étaient des yeux bienveillants qui se posaient sur quelqu'un d'autre. Il ne voyait pas en face de lui un ennemi, ou un adversaire, ou quelqu'un que, d'une façon ou d'une autre, il lui fallait dominer. Son âme, en même temps que ses yeux, s'apaisait. Même le battement de ses paupières semblait se faire plus doux. Jean-Baptiste était désarmé.

Le taxi filait maintenant vers Saint-Lazare. Ce qui se passait en dehors de cette voiture où défilait le compteur n'avait pas la moindre importance.
« Tiens, l'autre jour, j'ai eu Thierry Henry », a tenu à préciser le chauffeur.

Il s'est arrêté devant l'église Sainte-Marie-des-Batignolles. Les rues étaient vides. Seul un SDF dormait sur un banc.
Ils se sont dirigés vers l'immeuble où elle habitait. Anna a composé le code et a enfoncé une lourde porte en chêne. Ils se tenaient la main. Ils sont montés à droite par un vieil escalier. Elle a ouvert la porte. Ils sont entrés. Jean-Baptiste lui a embrassé la nuque.

L'appartement s'est éclairé à l'aide de lampes disséminées en plusieurs endroits. Les murs étaient blancs, seulement tachés çà et là de petites photographies encadrées. Une grande bibliothèque, composée essentiellement de livres de poche, occupait la majeure partie du salon-salle à manger-cuisine. La chambre se trouvait au fond, c'était une pièce distincte. La température était fraîche, malgré la chaleur des nuits de juin, dans Paris.
« Tu veux boire un thé ? »
Elle s'est rendue derrière le comptoir de la cuisine. Elle a enclenché la bouilloire électrique et a ouvert une petite boîte en fer. Elle y a glissé le nez et a inspiré. Elle a soulevé le couvercle d'une théière en fonte et y a déposé quelques feuilles. Elle s'est retournée, elle a saisi deux tasses blanches et les a

posées sur des soucoupes ornées de fleurs de lilas. C'était un moment délicieux. Jean-Baptiste s'emplissait les yeux de ces images. Il était émerveillé. Un petit clic a retenti. Elle a posé sa main sur la bouilloire pour l'éteindre.
« Il faut attendre un tout petit peu que l'eau soit à 80° car, sinon, on perd les arômes les plus fins. »
Jean-Baptiste a fait un mince oui de la tête, elle lui a souri. Elle a finalement versé l'eau dans la théière et a apporté l'ensemble sur un petit plateau. Elle est venue s'asseoir près de lui. Le thé infusé, elle a empli les tasses.
Dans l'appartement, une odeur subtile d'agrume s'est dégagée et surtout celle, épicée et charmeuse, du coing. D'une main, ils ont attrapé leurs tasses, qui ne possédaient pas d'anse, et ils les ont portées à leurs lèvres. Quand il eut fini, Anna le resservit.
Elle remarqua que, lorsqu'il souriait, sa lèvre montait davantage du côté gauche que du côté droit. De même, la façon qu'il avait d'avancer vaguement le front et de rentrer le menton à ce moment lui donnait un air d'enfant timide. Ils ont reposé leurs tasses vides sur la table.
« Il va falloir qu'on se dise quelque chose tout de même…
– Oui sûrement, ce serait bien.

– Écoute, je suis désolée, mais voilà : tu es positif à la nandrolone. »
La bouche de Jean-Baptiste s'est ouverte au quart. La voix un peu cassée, il a dit :
« Non attends, tu rigoles, c'est pas vrai ?
– Non, je suis désolée, j'ai eu les résultats juste avant que tu arrives, je ne savais pas si je devais t'en parler mais...
– Attends, c'est impossible ! Je fais hyper gaffe. J'ai jamais pris de nandrolone. Je prends des Doliprane, c'est tout ! Il faut que j'appelle mon agent tout de suite, je...
– Je plaisante, c'est pas vrai... »
Elle lui a fait un clin d'œil. Jean-Baptiste a soupiré.
« Donc, je pense que tu l'auras compris, je suis ce qu'on peut appeler un mec naïf.
– Ah oui, t'es un mec naïf, Jean-Baptiste ?! Jean-Baptiste... j'aime bien ton prénom, c'est original à notre époque. »
Elle aimait bien son prénom. Elle le trouvait original à notre l'époque. Pour la première fois, depuis sa rentrée en sixième, Jean-Baptiste ne regrettait pas que sa mère ne l'ait pas prénommé Matthieu, Grégory ou Arnaud.
Une partie de la rancune qu'il avait envers Isabelle s'effaçait.

XVII

Le lendemain, les fesses de Jean-Baptiste dépassaient du drap qui les couvrait tous les deux. Il faisait chaud. Il l'a réveillée en lui faisant des petits guillis dans le dos. Elle s'est retournée vers lui et ils se sont embrassés. Cette fois encore, leurs dents se sont cognées, ils commençaient à avoir leurs habitudes. Elle s'est levée nue et elle est directement allée dans la salle de bains se brosser les dents. Elle a ensuite préparé un thé, tandis qu'il est parti chercher des croissants. Après le petit déjeuner, elle a proposé une activité pour le moins saugrenue :

« Et si nous allions courir au parc Monceau ? »

Jean-Baptiste a dit d'accord. Il lui a simplement demandé si elle pouvait lui prêter une casquette. Malgré l'euphorie de l'amour naissant, Jean-Baptiste restait professionnel et il gardait en tête le plan de monsieur Martin. Il craignait qu'on le reconnaisse et il se demandait si aller courir un dimanche matin en plein Paris ne risquait pas de tout mettre à l'eau. Le stratagème fonctionna parfaitement.

Après une heure de course, ils sont rentrés et ils ont pris leur douche ensemble. Ensuite, ils sont sortis déjeuner. L'après-midi, ils se sont promenés main dans la main, ils ont flâné dans une brocante et

ils sont allés manger une glace du côté de Montmartre. Sur les marches du Sacré-Cœur, ils ont écouté un mauvais guitariste, mais c'était bien. Jean-Baptiste a signé quelques autographes et a posé pour des photos.
Le soir, il lui a préparé une sole avec des petits pois, c'était la pleine saison. Pendant ce temps, Anna s'est assise dans un fauteuil et a feuilleté un livre, un verre de vin blanc posé sur la table du salon. Il y avait beaucoup de douceur dans tout ce qui se déroulait ce dimanche, et de la tendresse aussi. Ils avaient tacitement décidé de ne pas céder au totalitarisme de la passion.
Au contraire, ils prenaient leur temps. Il lui touchait le ventre et lui embrassait l'épaule. Elle l'appelait Jean-Baptiste et souriait doucement quand leurs regards se croisaient. Ils ne se jetaient pas l'un sur l'autre ! Ils ne s'arrachaient pas leurs vêtements ! Ils ne faisaient pas non plus l'amour sur la machine à laver, ou tout autre appareil électroménager d'ailleurs. Dans leurs gestes et dans leurs yeux, il y avait la délicatesse des vieux couples qui s'aiment encore. Il y avait de la puissance aussi.
Le lendemain matin, il est reparti en Bretagne. Elle n'a pas pleuré sur le bord du quai. Il lui a dit de façon un peu ridicule : « On se voit dans trois

dodos. » Ils se sont embrassés et il lui a dit pour la première fois :
« Je t'aime très fort. »
Anna a répondu :
« Moi aussi, je t'aime très fort. »

XVIII

Dans le train, Jean-Baptiste a repensé à tout ce qu'elle lui avait dit pendant ces deux jours. Il a envoyé un message à monsieur Martin pour savoir s'il pourrait lui trouver une édition originale du « Lion », de Kessel, puisqu'elle lui avait confié que c'était son roman préféré. Elle avait aussi dit que les loyers à Paris, c'était n'importe quoi et que pour que les labos comblent vraiment leur retard en matière de dopage, il faudrait que les crédits augmentent. Jean-Baptiste ne pouvait pas y faire grand-chose.
Anna avait beaucoup parlé, mais elle avait précisé que c'était normal que ce soit elle qui parle le plus, car, grâce à la presse, elle en connaissait déjà beaucoup sur la vie de Jean-Baptiste. C'est l'avantage de sortir avec une gloire nationale. Sans compter toute la partie biologique, puisqu'elle s'était quand même promenée pendant quelques heures avec un de ses échantillons d'urine. Il fallait rééquilibrer la balance en quelque sorte.
Jean-Baptiste l'avait écoutée avec beaucoup d'intérêt. Surtout, ce qui l'avait fasciné, c'était l'évocation de sa famille. Pour Jean-Baptiste, la notion de famille était réduite, elle se limitait à sa grand-mère. Alors, découvrir une famille avec des oncles,

des tantes, des tripotées de cousins, des vieilles rancœurs, de petites mesquineries et de l'amour avait été un moment extraordinaire. Il n'en avait pas perdu une miette.

Comme beaucoup de monde, elle avait un père et une mère.

Son père, Jean-Pierre, était un urologue fameux. Il était toujours en vie et avait publié sa thèse de doctorat sur la « fibrose rétropéritonéale », plus connue sous le nom de maladie d'Ormond. Il était retraité depuis peu et s'adonnait à sa passion de toujours : la chasse au chien d'arrêt. Pour l'aider dans cette entreprise, il possédait un setter de belle race (né l'année des « S », on l'avait naturellement prénommé Scooby). Il lui avait été offert par les collègues du service pour son départ en retraite. Le pauvre Scooby, à la suite d'un mauvais calembour, fut surnommé « Urètre ». « C'est quelqu'un qui aime bien avoir raison », avait-elle précisé à propos de son papa. Jean-Baptiste pensa qu'il faudrait s'en rappeler le moment venu.

Sa mère, Catherine, était psychanalyste. Elle était toujours en vie (nous savons que, avec les parents, il vaut mieux se méfier). Elle n'avait pas publié de thèse et elle ne chassait pas non plus. Elle était excellente cuisinière, lisait beaucoup et était toujours d'humeur égale. Ses consultations l'avaient amenée à développer, depuis plusieurs années déjà, une expertise reconnue dans les problématiques liées au sadomasochisme. Jean-Baptiste pensa qu'il devrait s'en rappeler le moment venu.

Elle avait aussi deux sœurs.

Son aînée, Claire, habitait le VIIe arrondissement de Paris. Elle était entourée d'un mari aimant, de deux enfants et d'un golden retriever. Elle était ce que l'on qualifie de façon somme toute péjorative « une grosse bourgeoise ».
Plus précisément, elle avait épousé un héritier, un certain Dominique. Il était le descendant d'une famille aristocratique française, des comtes, qui se remettaient difficilement du fait qu'un de leurs ancêtres, membre de la Convention nationale, ait voté, le 15 janvier 1793, la mort du roi.
Sans surprise, les deux enfants du couple se prénommaient Constance et Louis, et Anna les adorait. Elle était d'ailleurs la marraine de Constance, qui était une petite fille adorable, les yeux pleins

de vie. Louis, quant à lui, était un sportif émérite, premier de sa classe et qui n'aimait rien mieux que d'accompagner Papi à la chasse. Une belle famille, ça oui, une belle famille.
Enfin, sa petite sœur : Sophie. Sophie n'était encore qu'une étudiante. Mais une étudiante brillante. La plus brillante de la famille, comme aimait à le rappeler leur père, puisque, après avoir enchaîné hypokhâgne et khâgne, elle avait intégré l'École normale supérieure, rue d'Ulm. Passionnée de grec ancien, elle se tournerait probablement vers l'enseignement et la recherche, à moins qu'elle ne tentât l'ENA. Les relations entre Anna et Sophie étaient parfois conflictuelles, mais elle tirait une grande fierté du parcours brillant de sa benjamine. Sophie était extrêmement jolie. Comme la majorité de ses condisciples de « Normale », elle avait les cheveux lisses, buvait du café sans sucre, fumait des roulées et portait le plus souvent un caban bleu marine à larges poches desquelles émergeaient parfois un exemplaire de *l'Humeur vagabonde* ou de *Ainsi parlait Zarathoustra*.
Elle avait un petit copain : Marc. Marc et Sophie, puisqu'il fallait bien se résigner à les appeler ainsi, étaient des sortes de Roméo et Juliette, ou de Tristan et Iseult du XXIe siècle. Pour leurs proches,

il ne faisait aucun doute que leur amour était impossible. Ils s'étaient rencontrés à 16 ans ! Même s'ils s'aimaient, cette relation était bien entendu condamnée d'avance. On vivait dans une société de consommation. On consommait des biens, des services. On consommerait donc également des individus. Qui pouvait se résigner à ne porter qu'une seule chemise, à ne regarder qu'un seul film et à n'aimer qu'une seule personne ?
Ils tentaient malgré tout de se rebeller contre ce fait établi. Mais nul n'aurait parié un kopeck sur la pérennité de leur couple.

Jean-Baptiste avait hâte de faire leur connaissance. Il s'imaginait les inviter tous au mois d'août dans sa maison. Ce serait un grand barbecue, avec des merguez, des chipolatas, quelques côtes d'agneau, des travers de porc à la moutarde et des chips. On fêterait sa victoire au Tour de France. Il allumerait le feu avec du papier journal, Jean-Pierre l'aiderait sûrement. Il irait boire un verre de rosé avec Sophie et écouterait Claire parler de ses enfants. Puis il ferait une petite partie de foot. Il irait dans les buts. Il écouterait les conversations de tous ces gens déambulant dans son jardin. Sa grand-mère serait là aussi, elle l'aiderait à mettre la table et lui glisserait dans l'oreille qu'il a beaucoup de chance d'avoir Anna. Il expliquerait à Marc comment il avait pris la décision d'attaquer à 6 km du sommet du col d'Aspin. À la fin de la journée, il offrirait ses gants de cyclisme à Louis et la peluche du Crédit Lyonnais à Constance. Tout le monde dirait qu'il est gentil.

Vingt

I

C'est aujourd'hui. Tout se jouera aujourd'hui. C'est le prologue. C'est le début du Tour de France. Jean-Baptiste est prêt. Les autres ne le savent pas. Il quitte son home trainer. Anna est là et lui envoie un discret baiser de la main. Il la regarde. Il ne lui répond pas. Il ne pense qu'à ce jour depuis si longtemps.

Il monte dans le bus. Il sèche son corps avec une serviette. Il déchire le plastique recouvrant une combinaison neuve. Il la passe. Il porte le dossard numéro un. Il prend tout son temps. Il s'assoit sur la banquette. Il plonge la tête dans ses mains. Les yeux fermés, il revoit les huit kilomètres du parcours. Il veut que tout se passe parfaitement. Il est invincible. Rien ne peut lui arriver. Rien. Il est un imbattable.
Il boit. Il mange une pâte d'amande. Il enfile ses gants et son casque profilé. Enfin, il chausse ses lunettes. Il descend les marches du bus. Il n'entend pas la clameur des spectateurs lorsqu'ils l'aperçoivent. Son directeur sportif lui donne une petite tape dans le dos. Il détend son cou.
Il enjambe son vélo et y cale son pied droit. Il

s'avance vers le départ. Il serre les poignées de son guidon. Il souffle trois fois.
Le commissaire démarre son décompte.
De la rampe, il s'élance, en dernier. Il est parti. Il fend l'air. Il survole l'exercice. Il ne laissera aucune chance à qui que ce soit. Il est en état de grâce. Le soleil caresse sa peau. La douleur n'existe plus. Il semble rejoindre l'horizon. Il en est de Jean-Baptiste comme il en fut des héros de l'Antiquité, on doute de leur condition de mortel.

Dans une grande et belle ligne droite, à plus de 65 kilomètres à l'heure, tout s'arrête.

La France, par la bouche de Thierry Adam, s'exprimera ainsi : « Oh non ! C'est pas possible ! » Laurent Jalabert y ajoutera un sombre « Oh là là... ».
Quand le casque a explosé et a quitté sa tête, le réalisateur a hésité à changer de caméra. Finalement, il est resté sur cette image. Jean-Baptiste reposait sur le ventre. Ses membres semblaient désarticulés, comme ces mains collantes que l'on jette et qui dégringolent des vitres. La voiture qui le suivait s'est arrêtée à quelques centimètres de lui. Le médecin a fendu la foule des photographes qui s'amassaient autour du champion. Une petite fille

a ramassé quelque chose par terre. Elle s'est mise à pleurer quand elle a compris que c'était le morceau d'une dent de Jean-Baptiste. Le docteur lui a posé une minerve.
Quelques minutes plus tard, un hélicoptère a atterri dans un champ tout proche. Il a été embarqué. Dans l'appareil, on l'a intubé. Les gens l'ont regardé s'envoler.

II

Anna lui a caressé l'intérieur du bras, il n'a rien senti. Pour éviter qu'il ne souffre, les médecins l'avaient plongé dans un coma artificiel. Elle a trouvé une sorte de réconfort en regardant l'étrange bronzage des mains de Jean-Baptiste, avec le bout des doigts bronzés et le revers de la main tout blanc. À cause des mitaines de cyclisme. Elle lui a dit des mots d'amour. Puis, elle a pleuré. Elle a trouvé le bip-bip du respirateur vraiment anxiogène. Ce fut une première visite à l'hôpital comme il s'en passe des milliers chaque jour dans le monde. On n'aime jamais tellement cela.

III

Elle est revenue le lendemain. Elle a passé une heure en tête à tête avec son amoureux. Deux personnes ont pénétré dans la chambre. C'étaient ses parents.

Papa est entré comme il était toujours entré dans une chambre d'hôpital, de façon dynamique, avec toute l'autorité du chef de service, et la rosette de la Légion d'honneur à la boutonnière. Maman a fait une entrée plus discrète derrière son mari. Anna s'est levée de sa chaise et elle s'est jetée dans les bras de sa mère.

Elle a pleuré encore un petit peu, puis elle a dit : « Ooohhh. » Maman a fait : « Chhttt, chhttt. » Papa a pris la fiche de soin et a dit : « Hmm, hmm. » On parle souvent par onomatopées dans les moments graves.

Finalement, elle s'est rassise sur le fauteuil près du lit. Papa est allé voir l'interne. Maman a dit fort justement : « Drôle d'endroit pour une première rencontre. » Jusqu'à la nuit précédente, elle n'avait pas encore parlé à ses parents de sa relation avec Jean-Baptiste.

Alors, elle a dit : « Oui, c'est vrai » et elle a ajouté : « Maman, je te présente Jean-Baptiste, Jean-

Baptiste, je te présente maman. » C'était assez embarrassant et même quelque peu sordide. Alors, elle a encore pleuré. Papa est revenu de sa rencontre avec l'interne. Il s'est approché du lit et a dit : « Il est quand même bien amoché. » Et elle a repleuré une fois de plus ! Maman a ajouté : « Sophie et Claire vont arriver bientôt si ça ne te dérange pas. »
« Ça ira, il s'en tirera. Tout ira bien, du temps, de la rééducation bien sûr, peut-être un peu de chirurgie plastique, mais surtout du temps, beaucoup de temps », a affirmé papa dans un élan cartésien.

C'est le moment qu'a choisi maman pour tenter une interprétation psychanalytique :
« Certes il roulait très vite, certes la chute paraissait inévitable. Mais tout de même. À l'évidence, cette chute doit être une sorte de signifiant. Et si Jean-Baptiste avait en quelque sorte eu le *désir* de tomber ?
– Mais putain, maman ! C'est quand même pas lui qui a fait traverser ce con de chien !
– Certes. Pourtant, pour moi, Jean-Baptiste devait avoir une sorte de désir inconscient de la chute. »
Et elle ajouta sous forme de questions auxquelles elle avait la réponse :

« Cette chute était-elle nécessaire ? Nécessaire, au sens de "devait-elle être ?"

– ...

– J'affirme que oui. Jean-Baptiste est pour moi dans la toute-puissance... »

Elle se lançait dans les concepts. Son mari et sa fille savaient où cela les mènerait invariablement et ils attendaient le moment où les sadomasochistes entreraient en scène.

« L'absence de mère, de père, cette relation très forte au corps. Et la question de la victoire que l'on peut voir comme une sorte de transfert hystérique. J'ai lu dans les journaux qu'il avait perdu connaissance face à la tombe de ses parents. Traumatisme. Et là cette seconde chute. Traumatisme encore. Tout cela ne peut que résulter d'un traumatisme plus ancien et qu'il tend inconsciemment à reproduire. Ce qui est fascinant (papa pensait à la saison de chasse qui reprenait dans deux mois et à son chien qu'il se surprenait lui aussi à appeler Urètre), c'est que Jean-Baptiste se positionne dans un système de reproduction où, n'ayant ni père ni mère, il s'auto-engendre en quelque sorte. Et qui s'auto-engendre ? Qui ? Mais Dieu, bien évidemment ! On en revient à la toute-puissance. Ce qui me paraît clair chez lui, c'est ce fantasme extrêmement fort d'omnipotence. D'ailleurs, la possibilité de gagner passe nécessairement par la douleur, n'est-ce pas ? Une douleur qu'il transforme, à travers le prisme de la victoire, en plaisir. Dans les pratiques sadomasochistes (enfin…), on retrouve la même soif de toute-puissance et cette transformation de la douleur en plaisir, et j'ajoute… »

Mais, elle n'ajouta rien. Sophie et Claire venaient d'entrer dans la chambre. Claire avait dans sa main quelques fleurs et Sophie avait dans sa poche *les Fleurs du mal.* Elle s'est levée pour embrasser ses sœurs. Elle était à la fois émue et touchée. Elle a songé : « Heureusement que la famille est là. »

Anna a expliqué leur rencontre et comment tout cela était important pour elle et qu'il ne fallait surtout pas le considérer uniquement comme un sportif. Tout le monde a répondu : « Bien sûr. » C'était quelqu'un de bien, Jean-Baptiste. Elle leur dit que sa vie en était bouleversée.

La porte s'entrouvrit de nouveau. Le silence se fit dans l'instant. C'était la grand-mère de Jean-Baptiste. Elle avança dans la petite chambre. Elle portait un large pansement sur la joue droite. Elle était très digne.

Elle était étonnée de voir tout ce monde dans la chambre de son petit-fils. Des gens qu'elle ne connaissait pas. Elle pensa un instant qu'ils faisaient partie de l'encadrement de l'équipe, mais la ressemblance entre les trois femmes et l'homme plus âgé lui fit rapidement comprendre qu'elle avait affaire à une famille.

En voyant Jean-Baptiste relié à toutes ces machines, son menton se durcit, mais elle tint bon. Elle avait déjà pleuré seule dans le train qui la menait vers lui. La rougeur de ses yeux la trahissait.
Au moment des premières larmes, sa pensée était comme absente. Elle était dans ce moment non pas d'inconscience mais plutôt d'absence de conscience. Ce moment incertain où tout semble pouvoir arriver.
Dans ces larmes qu'elle avait versées, il y avait les larmes de l'enfance oubliée de Jean-Baptiste, il y avait les larmes de la mélancolie, il y avait les larmes d'une ébauche de vie rêvée, il y avait les larmes de la conscience de la mort, il y avait les larmes d'un ours en peluche oublié, il y avait les larmes d'une mère pour son fils.
Car, c'était cela.
Ces larmes qui avaient coulées n'étaient pas ses larmes. C'étaient les larmes de sa fille. Elle pleurait pour Isabelle. Elle prêtait à sa fille non pas

uniquement ses yeux, mais aussi ses joues qui sentaient la chaleur des pleurs.

Un miracle se produisit.
Sa fille s'incarna. Cela fut bref et se passa au moment précis où la première larme entra en contact avec le haut de ses lèvres. Sa fille était là, précisément là, dans ce moment unique et définitif, dans cette saumure. Isabelle était là dans cette sensation de salé que sa mère venait d'éprouver. Puis, Isabelle était repartie, et elle avait cessé de pleurer.

Le bonjour qu'elle lança était glaçant. C'est Anna qui lui répondit la première. Sans rien ajouter, elle s'approcha de son petit-fils et elle lui caressa la main. On la laissa seule un moment avec lui. *Voilà où ça te mène tes histoires de vélo,* pensa-t-elle. Finalement, et parce qu'il méritait quand même une petite leçon, et parce que faire une remarque à quelqu'un fait, au fond de soi, toujours un peu plaisir, elle le lui dit : « Voilà où ça te mène tes histoires de vélo. »
Elle resta peu de temps dans la chambre car elle voulait connaître le sentiment du médecin. Quand elle revint, elles se croisèrent.
« Je suis…

– Je sais. Je vous reconnais maintenant. Le contrôle antidopage.
– Vous voulez venir boire un café ? »
C'est vrai qu'elle était bien modeste et peu commode pour parler, cette chambre qui accueillait Jean-Baptiste. On serait tout de même mieux à la cafétéria.
Elles prirent l'ascenseur toutes les deux. Au deuxième étage, un homme en pyjama bleu qui promenait sa perfusion les a rejointes. Ils se sont dit un bonjour d'ascenseur, un bonjour à peine marmonné. Les deux femmes n'ont pas échangé de paroles. Les portes se sont ouvertes et elles ont quitté l'ascenseur. Avec la suffisance innocente des bien-portants, elles ont laissé sur place le pauvre homme.
Elles se sont dirigées vers la cafétéria. Elles se sont assises à la même table que Claire, Sophie et leurs parents. On a beaucoup tourné les petites cuillères avant d'oser prendre la parole. C'est finalement Sophie qui l'a fait :
« Il est quand même pas beau à voir… »
On pouvait sans doute trouver mieux comme début de conversation, c'était un fait. D'ailleurs, son père devait aussi le penser puisqu'il asséna à sa fille un rapide coup de pied sous la table.

« Ben quoi, c'est vrai. De toute façon, on peut rien dire avec toi. »
Et Sophie a glissé dans son siège. En signe de mécontentement, elle a croisé les bras. Son père s'est décidé à prendre ses responsabilités de père et d'ancien chef de service :
« Tout d'abord, permettez-moi de me présenter, je suis Jean-Pierre Morel. Vous savez, je pense que tout finira par s'arranger pour votre petit-fils. Ça ira, il s'en tirera. Du temps, de la rééducation bien sûr, peut-être un peu de chirurgie plastique, mais surtout du temps. Tout ira bien. Vous savez, j'ai été pendant plus de quinze ans chef de service dans un grand hôpital parisien et mon collègue en charge de Jean-Baptiste m'a assuré que tout irait pour le mieux.
– Merci, monsieur. Je me rends compte que je ne me suis pas présentée non plus. Je suis Geneviève.
– Moi non plus je ne me suis pas présentée ! Je suis Sophie.
– Merci, Sophie. Je vous présente également ma femme, Catherine, et ma plus grande fille, Claire.
– Vous savez, monsieur…
– Jean-Pierre…
– Jean-Pierre. Je crois moi aussi qu'il s'en sortira. Tout ira pour le mieux, je crois. »

Geneviève partageait l'avis de Jean-Pierre et cela en fit instantanément une personne qu'il appréciait. *Voilà une personne intelligente,* pensa Jean-Pierre. « Vous avez vu les images de la chute ? Une vision de cauchemar. Je ne regarde jamais ses courses car j'ai peur de ces maudites chutes depuis qu'il est tombé juste avant une arrivée, quand il avait 16 ans. J'étais dans mon jardin à ce moment-là. Je prenais soin de mes roses. C'est une voisine qui m'a prévenue. Elle pensait qu'il était peut-être mort. J'ai perdu connaissance. Je me suis effondrée dans mes roses. On m'a conduite à l'hôpital. On m'a forcée à y passer la nuit, mais j'en suis partie ce matin. Ce n'est pas ces quelques médecins qui allaient me retenir de voir mon petit-fils, croyez-moi. J'ai pu voir les images de la chute. Le voir sur le sol comme un pantin, je… je…
– J'imagine votre peine, Geneviève. Je la comprends. Mais croyez-moi, tout ira bien… »
Tandis que la conversation se poursuivait, avançait à pas menus, sans que personne lui prête la moindre attention, l'homme en pyjama bleu, l'homme de l'ascenseur.
Il se dirigeait vers la sortie avec, à la main, cette perfusion qu'il ne quitterait plus. Il était mal rasé. Deux de ses neveux étaient venus lui rendre visite

quelques heures auparavant. D'autres viendraient sans doute mercredi. Il tira de la poche de son pyjama un paquet de Gitanes bleues sans filtre et s'adossa au petit muret. Il alluma une clope avec le briquet Dupont que lui avait offert son père, il y a longtemps, pour son mariage. En regardant les feuilles de platanes qui allaient dans le vent, il pensa à toute la beauté du monde. À toute cette beauté qu'il ne verrait bientôt plus. Il pensa aussi qu'il n'avait jamais rien fait de mal de toute sa vie. Il avait eu un fils et une fille, mais les deux habitaient maintenant à l'étranger. Ils lui avaient offert un ordinateur afin de pouvoir communiquer plus facilement. Alors, il s'était mis à utiliser Skype. Malheureusement, aucun de ses enfants n'avait lui-même d'enfant. La carrière en premier, certainement.

L'homme au pyjama bleu était allé rendre visite une fois à son fils, à New York. Il prenait l'avion pour la première fois et son fils s'était occupé de tout. Pour l'occasion, il avait tenté d'apprendre quelques mots en anglais. Sa belle-fille était venue le chercher à l'aéroport, ils étaient montés dans un taxi jaune. Son fils les avait rejoints un peu plus tard à l'appartement. Ils avaient passé quelques jours tous les trois, ensemble. Ils étaient passés devant le site de Ground Zero. Sur le bateau qui le conduisait à Ellis Island, il se rendit compte que, contrairement à ce qu'il avait toujours pensé jusque-là, la statue de la Liberté se présentait non pas de dos, mais de côté, par rapport à Manhattan. Après Times Square, ils lui firent visiter Central Park et d'autres endroits. Il passa sa main dans les cheveux et retourna vers sa chambre.

IV

Anna est rentrée à Paris. Sophie l'accompagnait. Elle semblait perdue dans ses pensées et sa petite sœur eut la délicatesse de garder le silence durant tout le trajet.

« Viens manger avec moi, si tu veux ? »

C'était la première fois qu'elle l'invitait à dîner. Sophie en fut émue. Elle pensa qu'on la considérait enfin comme une adulte.

Sous ses airs de sale jeune fille provocatrice, Sophie était en réalité une femme en quête de considération et de reconnaissance familiale. Alors, bien entendu, elle prenait un malin plaisir à rouler ses cigarettes devant sa mère et à recracher la fumée au nez de sa sœur. Lorsqu'elle croisait le pauvre Scooby, elle demandait toujours à son père quand il se déciderait à piquer cet abruti de chien dégueulasse. Elle allait jusqu'à dire à Constance que Dieu n'existait pas et à Louis qu'il devait se méfier du curé de la paroisse. Mais, malgré ses excès, elle mettait un point d'honneur à rendre fière sa famille, et plus particulièrement son père. Sa réussite scolaire en était le parfait exemple. Il est vrai que ses sœurs avaient déjà réussi, elles. L'une était médecin pour le compte de l'Agence française de lutte contre le dopage et l'autre s'était mariée à un comte. Sophie pensait qu'être la petite dernière impliquait de dépasser tout cela. Le plus simple eut sans doute été de faire médecine, de se spécialiser en neurologie, et de se marier avec un héritier au titre encore plus prestigieux, un duc, par exemple. Un duc d'Anjou. Mais si le *numerus clausus* augmentait parfois, les ducs, eux, se faisaient de plus en plus rares, alors, les ducs d'Anjou, vous pensez. Puisqu'elle ne pouvait épouser un duc et que tout ce qui était lié au corps la répugnait, elle avait choisi une autre stratégie sur la voie de la reconnaissance : la voie universitaire, et elle y excellait.

« Je ne sais pas trop… Si tu veux, oui.

– J'ai pas très envie de rester toute seule. Tu pourras dormir à l'appart', si tu veux. On dépliera le Clic-Clac. »

En arrivant dans l'appartement, Sophie se précipita vers la bibliothèque. Elle promenait ses doigts sur les Folio, puis, avec les mêmes doigts, se lissait les cheveux.

« Je peux te prendre *Journal du voleur* ? »

Sophie savait qu'une normalienne se doit de toujours emprunter un livre lorsqu'elle se rend chez quelqu'un, c'était de l'ordre de la tradition, de l'ordre de la coutume. Dans ce domaine, Jean Genet présentait l'avantage d'être une valeur sûre, tout comme Faulkner ou Fitzgerald. Le must était bien sûr *Ulysse,* de James Joyce. Ce n'était pas facile tous les jours d'être une normalienne aux yeux du monde. Il fallait lire de la grande littérature, aucune place pour un roman à l'eau de rose ou un livre de gare. Outre la littérature, en tant que normalienne, il lui fallait aussi avoir une opinion. Ça, c'était plus simple pour Sophie. Des opinions, elle en avait.

Pendant ce temps, Anna préparait des tagliatelles au saumon. Le pouvoir d'évocation des tagliatelles au saumon est un phénomène parmi les plus incroyables de notre monde. Proust n'a jamais mangé de tagliatelles au saumon, car, sinon, il y a fort à parier que les madeleines seraient bien moins célèbres aujourd'hui.
Quoi qu'il en soit, elle plongea les pâtes dans l'eau bouillante. Rappelons simplement que des tagliatelles *al dente* nécessitent huit minutes de cuisson.

Elle avait rejoint Jean-Baptiste trois jours après qu'il fut reparti en Bretagne. Il était venu la chercher à la gare de Plouaret-Trégor. Elle portait un petit sac à dos. Il avait les traits tirés.

« Tout va bien, Jean-Baptiste ?
– Oui, super. C'est juste que je viens de faire une très grosse séance ce matin. Je suis un peu cassé. Je suis content que tu sois là. »
Jean-Baptiste avait loué une grande maison. Il faisait un temps affreux. Elle avait des a priori plutôt négatifs sur la Bretagne. Elle s'y était rendue pour la première fois de sa vie la semaine précédente afin de procéder au contrôle antidopage. Ça ne lui avait pas fait l'impression d'être l'endroit le plus funky de France…
Jean-Baptiste avait fait le choix de lui faire faire la tournée des lieux touristiques. Après tout, si des touristes payaient pour s'y rendre, c'est que cela ne devait pas être si mal. Elle avait trouvé ça plutôt banal.
Seule la mer lui avait vraiment plu. Et le vent.
Jean-Baptiste lui avait fait remarquer les belles couleurs que donnaient les hortensias cette année. Elle avait explosé de rire en disant que « franchement, je suis désolée, mais c'est vraiment des fleurs de vieilles ». Jean-Baptiste avait levé les yeux au ciel et, l'air faussement dédaigneux, il lui avait rétorqué qu'elle n'y connaissait « rien en fleurs », ça se voyait bien. Ils avaient ri.
Ils avaient fait une longue marche dans la lande,

le long du chemin des douaniers, à Beg Leguer. La vue sur la baie de Lannion, Trébeurden à droite et Locquémeau en face, les avait tous les deux bouleversés. Ils s'étaient serrés l'un contre l'autre. Il avait glissé la main dans son jean et lui avait serré les fesses, tandis qu'elle se blottissait contre son torse. Ils avaient soupiré de plaisir.

Jean-Baptiste lui avait parlé de ce qui le poussait à se sacrifier autant pour être le meilleur. Il lui avait dit aussi qu'il n'avait pas toujours rigolé mais qu'il y avait bien plus à plaindre que lui. La chose qui lui avait vraiment manqué, enfant, c'est que son père n'ait jamais pu l'emmener à la pêche. Il lui avait confié aussi que les photos prises dans le cimetière étaient montées de toutes pièces, mais que cela faisait partie du métier. Elle lui avait répondu que ce n'était pas grave et qu'elle trouvait cela courageux de sa part qu'il ait l'honnêteté de le lui dire.

Les huit minutes étaient écoulées. Anna a versé les tagliatelles dans l'égouttoir et les a mélangées au saumon. Pour qu'il gagne en acidité, elle y a ajouté le jus d'un demi-citron.

V

Jean-Baptiste était assis dehors, seul à une table. Il a ouvert les yeux avec difficulté et il a regardé autour de lui. Il cherchait où il se trouvait. Il n'y avait rien à faire, il ne reconnaissait pas cet endroit. Il était tout perdu, Jean-Baptiste. La lumière l'aveuglait légèrement. Il faisait chaud, le ciel était d'un bleu d'une pureté presque irréelle. L'herbe au sol était incroyablement verte. Au loin, il lui sembla distinguer une grande arche. Jean-Baptiste était tout de blanc vêtu. Partout, de drôles de petits groupes de personnes déambulaient. Tous avaient le sourire. Il y avait de nombreux enfants. Cet endroit paraissait être un endroit de paix et de bien-être. Tous ceux que Jean-Baptiste pouvait voir avaient l'air dans un état de bonheur absolu, proche de la plénitude. Jean-Baptiste tentait de trouver le moindre détail qui lui permettrait de savoir où il se trouvait. Il était dans une zone de plaine, dans un secteur très fréquenté. Les gens qui erraient en ce lieu semblaient parfaitement le connaître, comme s'ils y demeuraient ou qu'ils y venaient très souvent. Ils portaient les accoutrements les plus loufoques. Beaucoup avaient un bermuda, presque tous arboraient une casquette à longue visière. La plupart étaient en débardeur. Jean-Baptiste remarqua un détail qui lui mit la puce à l'oreille.

À sa droite passa un homme qui marchait en tongs. En tongs… et en chaussettes ! Jean-Baptiste comprit aussitôt où il était ! Cela ne faisait plus aucun doute ! Il se trouvait en Allemagne !

Pourquoi l'Allemagne ? Il n'en avait pas la moindre idée. Peut-être le transférait-on vers un hôpital spécialisé ? Pourtant, il se sentait bien. Il n'avait pas mal. Il ne souffrait pas. Il ressentait comme une enveloppe de bien-être autour de lui. Soudain, il fut pris d'une angoisse horrible. Et s'il était mort ? Et si cet endroit, plutôt que l'Allemagne, c'était le paradis ?

Comme tout un chacun lorsqu'il est confronté à l'angoisse de la mort, Jean-Baptiste décida de se pincer. Ce fut horrible. Non pas qu'il se pinçât trop fort, ce qui arrive parfois, mais la vision qu'il eut de ses ongles fut une vision d'horreur. Ses ongles ! Ils présentaient l'aspect d'ongles taillés de frais. Et ses doigts ! Ils étaient petits et fins, ses doigts. C'étaient des doigts d'enfant !

Jean-Baptiste n'y comprenait plus rien et cela commençait à sérieusement l'énerver. Il plongea son visage dans ses mains. Il ne put croire ce qu'il ressentit à ce moment. De l'acné ! C'était de l'acné !

Huit ans d'un traitement patient et obstiné à base de Biactol et d'Eau précieuse n'y avaient rien fait ! Il avait de nouveau de l'acné ! Oh, bien sûr, ce n'étaient que quelques boutons. Il n'avait pas encore le visage criblé de points noirs et autres furoncles. Mais il savait comment cela progresserait invariablement. Bientôt, ce serait la vraie acné, celle qui fait automatiquement de vous un membre de droit de cette minorité visible et agitée que l'on appelle les « ados ».

Les hormones étaient à l'ouvrage. Pour un adolescent, l'enfer, c'est l'hormone.

D'ici à deux ans, trois ans au maximum, il serait condamné à tout trouver inintéressant, à dévorer des pleins frigos et à avoir des bras trop longs. Il s'habillerait en dépit du bon sens, aurait un avis sur rien, juste avant d'avoir un avis sur tout (on préférait généralement le temps où il n'avait d'avis sur rien). Rapidement, il se réveillerait vers treize heures, prendrait des douches jusqu'à ce qu'il n'y ait plus d'eau chaude. Il rirait d'un rire gras qui se terminerait par un hoquet. Ce serait la mue aussi, et ces jolies phrases qui commencent avec la voix de Luciano Pavarotti et se finissent avec celle de Pascal Obispo. Sans tarder, il pratiquerait la masturbation à un rythme frénétique, quasi compulsivement, jusqu'à l'irritation. Enfin, il se mettrait certainement des quantités démesurées de gel « effet mouillé » sur les cheveux. En pensant à tout cela, Jean-Baptiste se sentit au bord d'une crise de panique. Cependant, il était déterminé à ne pas céder à l'affolement. Il se concentra et souffla trois fois afin de retrouver ses esprits et d'y voir plus clair.

« C'est bon, t'as fait pipi ?
– ... »
Un homme venait de s'asseoir à sa table. Il déboucha une bouteille d'Orangina et y but au goulot. Il la tendit à Jean-Baptiste et demanda :
« T'en veux un peu ? »
Jean-Baptiste ne répondit pas. Il était dans un état de mutisme sévère, proche de la prostration. Il tenta d'analyser la situation avec calme. Apparemment, cet homme ne lui voulait aucun mal. Il parlait français. Il était plutôt amical. De plus, sa tenue, débardeur, bermuda et casquette, semblait indiquer qu'il appartenait lui aussi à cette communauté. Il pourrait donc certainement le renseigner. Jean-Baptiste se sentit soulagé comme peut l'être un Français rencontrant un autre Français en Allemagne.
Il allait enfin avoir une explication, non seulement

sur l'endroit précis où il se trouvait mais surtout sur les raisons de sa présence en ce lieu.
Cependant, avant d'assouvir sa curiosité, Jean-Baptiste préféra vérifier un détail. Il se pencha sur la gauche et regarda sous la table. Il ne put en croire ses yeux ! Il était fichu. L'homme portait lui aussi des tongs et des chaussettes. Il était donc allemand, lui aussi !
Tout commençait à faire sens. Enfin. Jean-Baptiste avait été kidnappé ! On avait profité de son accident pour le droguer et pour l'enlever quelque part en Allemagne. Sans doute cela avait-il été commis par une secte ou quelque chose de cet acabit. L'homme faisait manifestement partie du complot. Il avait été choisi pour sa capacité à parler parfaitement le français. On avait même poussé la machination jusqu'à lui faire prendre un léger accent breton. Ces gens ne reculaient donc devant rien. Qui savait de quoi ils étaient capables ? L'homme avait tenté, de façon tout à fait sournoise, de gagner sa confiance en lui parlant naturellement et en lui proposant quelque chose à boire. Le stratagème était grossier et fort heureusement Jean-Baptiste ne s'y était pas laissé prendre. Malgré tout, il était seul, terriblement seul.
Il pensa qu'il ne devait surtout pas créer d'incident.

Il eut l'idée judicieuse de rentrer dans le jeu de l'homme.

« Oui, c'est bon, j'ai fait pipi. »

L'homme sourit et regarda autour de lui.

« Il y en a du monde aujourd'hui.

– C'est vrai, acquiesça Jean-Baptiste.

– Tu veux quelque chose à manger ? »

Jean-Baptiste n'était pas dupe. On avait certes réussi à le droguer une fois, mais parce qu'il était dans le coma, cela ne recommencerait pas. Pourquoi avait-il été enlevé ? Il n'en avait pas la moindre idée. Ce qui était certain, c'est qu'il ne devait accepter ni nourriture ni boisson.

« Non merci, ça va aller pour le moment. »

L'homme s'étira et bâilla bruyamment.

« Bon, allez, encore cinq minutes et c'est bon. »

Cinq minutes, c'était donc tout ce qu'il restait à Jean-Baptiste pour s'enfuir. S'enfuir, d'accord, mais où ? Il ne savait même pas où il se trouvait en Allemagne. Était-il loin de la frontière ? Le camp était-il fermé ? Y avait-il des gardes ? Pourrait-il se réfugier quelque part et appeler la police ? Il n'en savait fichtre rien. De plus, ayant fait espagnol deuxième langue, il ne parlait pas un mot d'allemand. Cinq minutes, c'était bien trop court pour tenter la moindre évasion.

Il y avait de plus en plus de monde dans le camp. Toutes ces personnes ne lui prêtaient pas la moindre attention. Pourtant, s'il avait été kidnappé par cette secte germanique, il y avait forcément une raison. Le fait que tout le monde feigne de ne pas le voir prouvait qu'il était en réalité surveillé par tous ces individus. Ils jouaient un rôle, ils étaient des sortes de figurants de l'horreur. Ils n'en étaient certainement pas à leur coup d'essai, puisque la façon qu'ils avaient de l'ignorer était absolument bluffante. Le raisonnement de Jean-Baptiste était imparable. Mais surtout il était terrible : il était pris au piège. Il ne pouvait rien faire. Il n'y avait pas d'issue.

« T'as pris ta Game Boy ? »

Jean-Baptiste ne parvenait pas à comprendre le sens de la question.

« T'as pris ta Game Boy ?

– Euh oui… Je crois.

– Tu crois, ou tu es sûr ?

– Euh, je crois que je suis sûr… »

L'homme soupira. Il enleva sa casquette et, à l'aide d'un peigne fin, il replaça ses cheveux en arrière.

« Bon allez, c'est bon, on y va. »

Avec autorité, il prit le bras de Jean-Baptiste, qui ne résista pas. C'était trop tard.

Les tongs de Jean-Baptiste claquaient sous ses talons.

VI

« Tu crois que papa et maman sont échangistes ? »
La question de Sophie était posée d'un ton naturel.
« De quoi ?... Pardon ?
– Tu crois que papa et maman sont échangistes ?!
– Qu'est-ce que tu me racontes ?
– Tu crois que papa et maman sont échangistes, tu comprends rien ?!
– Je n'en sais rien... enfin non... je veux dire, c'est n'importe quoi.
– N'importe quoi ? Ah bon, vraiment ?
– Oui, c'est n'importe quoi, ta question. Et puis, franchement, c'est pas vraiment le soir pour parler de ça, So-So. J'ai d'autres soucis en ce moment, tu vois.
– De toute façon, avec toi, c'est jamais le moment. Je ne vois pas pourquoi le fait que Jean-Baptiste soit dans le coma empêcherait que l'on parle de ça. Ça le concerne pas, lui, c'est à propos de papa et maman, c'est tout.
– T'es sérieuse là ?
– Oui je suis sérieuse.
– Eh bien, ma petite Sophie, tu comprendras que le fait que Jean-Baptiste soit dans le coma, avec je ne sais combien de fractures et le visage brisé,

m'empêche de discuter du fait que papa et maman soient ou non des partouzeurs !
– J'ai pas dit partouzeurs, j'ai dit échangistes.
– Et c'est quoi la différence ?
– ... je ne sais pas trop, mais il y en a sûrement une...
– On n'apprend pas ça à Normale sup ?
– Tout de suite Normale sup ! Vous faites chier avec Normale sup ! T'avais qu'à travailler à l'école et toi aussi t'aurais eu Normale sup ! »
L'attaque était sournoise mais pas infondée, et la situation commençait à dégénérer. Par chance, aucune d'elles n'avait envie de se disputer.
« Et qu'est-ce qui te fait croire qu'ils seraient échangistes, So-So ?
– Je ne sais pas trop, comme une impression.
– Une impression, vraiment ? Et quelle impression ?
– L'impression que papa et maman sont sûrement échangistes, voilà.
– Tu as des drôles d'impression, ma petite Sophie.
– Arrête de m'appeler ma petite Sophie, "c'est bon, ma petite Sophie ! C'est bon".
– Bon, te fâche pas. O.K., on va en parler calmement entre adultes. »
Sophie lissa ses cheveux, ajusta le chèche qu'elle portait autour du cou et se saisit de son paquet de

tabac à rouler. Après tout, elle était parfaitement en droit de se poser la question : « Papa et maman sont-ils échangistes ? »
D'ailleurs, une passionnante étude slovène, publiée en 2005, semble montrer que la plupart des enfants se posent cette question à propos de leurs parents. Cette interrogation suivrait de très près : « Mes parents m'aiment-ils vraiment ? », « Mes parents s'aiment-ils vraiment ? », « N'aurais-je pas en réalité été adopté ? », « Si on m'avait échangé à la maternité ? » et « Y aura-t-il de la neige à Noël ? » (ce qui n'a rien à voir, mais les études slovènes, vous savez).

« Ce que je veux dire, c'est que j'ai l'impression qu'après trente-cinq ans de mariage, on devient forcément échangistes, voilà.
– Et pourquoi ça ?
– Eh bien, je ne peux pas imaginer papa tromper maman ou l'inverse. Mais bon, quand même, ils doivent bien se poser des questions comment dire… physiques, tu vois ?
– Continue…
– Je pense qu'ils ont dû décider, à un moment ou à un autre, de devenir échangistes pour répondre à ces questions, voilà, c'est tout.

– Et qu'est-ce qui te fait dire ça, qu'ils aient pu "décider" de devenir échangistes ?
– Je te l'ai dit, rien en particulier. Juste l'impression que l'on ne peut pas rester comme ça avec quelqu'un pendant trente-cinq ans.
– C'est pas par rapport aux sadomasos de maman que tu dis ça ?
– Non, ça n'a rien à voir avec les sadomasos de maman. Elle en parle depuis assez longtemps, j'ai bien compris que c'était pas le même délire. Tu ne m'as pas répondu, toi, tu crois qu'ils sont échangistes ou pas ?
– Franchement, Sophie, je ne me suis jamais posé la question. Bien sûr, parfois, je les trouvais un peu proches du collègue de papa et de sa femme. Tu sais, le docteur Agath. Mais de là à dire qu'ils pourraient être échangistes.
– Oui, c'est vrai, on n'a pas de preuves. Il faudrait leur demander directement, ce serait ça le plus simple.
– Oui, bonne idée, je vais leur envoyer un texto… Non, mais t'es vraiment grave !
– De toute façon, on ne peut rien se dire dans cette famille. Tout est tabou ici.
– Comment ça va avec ton copain, So-So ?
– Pourquoi ? Non, mais attends, je t'arrête tout de

suite, ça n'a rien à voir avec Marc. Tout va très bien avec lui.
– T'es sûre ?
– Oui, c'est juste que je me pose la question, c'est tout. J'ai bien le droit, non ? D'ailleurs, une étude slovène… »
Le téléphone sonna. Sophie se tut. C'était monsieur Martin. Il expliqua qu'il ne pouvait se rendre actuellement à l'hôpital, mais qu'il pensait beaucoup à Jean-Baptiste et qu'il était effondré. Sa grand-mère lui avait donné le numéro de téléphone et il espérait qu'il ne l'importunait pas. Il lui dit aussi qu'il avait trouvé Jean-Baptiste très changé et d'une façon très positive, depuis qu'ils s'étaient rencontrés. Il espérait que tout irait bien, et la rencontrer bientôt. Anna lui répondit avec la plus grande politesse. Enfin, monsieur Martin déclara que, si elle avait besoin de quoi que ce soit, il ne fallait pas hésiter à l'appeler. Elle le remercia.
Pendant ce temps, Sophie prenait son courage à deux mains. On finirait bien par se parler dans cette famille, bon sang de bois !
Elle se saisit de son portable et envoya le texto suivant à son père et à sa mère : « Vs ète echangist ? »

VII

L'homme tenait maintenant Jean-Baptiste par la main. Il le tira en dehors de la zone couverte d'herbe. Jean-Baptiste semblait anesthésié par l'instant.

La question n'était pas qu'il ne savait comment réagir, c'était plutôt qu'il ne pouvait pas réagir. Cette main dans la sienne paraissait avoir une sorte de pouvoir. Un pouvoir paralysant ou quelque chose comme cela. La main de l'homme était une grande main, une main puissante et ferme. Elle était aussi terriblement douce. C'était une de ces mains qui ne laissent pas le choix. Jean-Baptiste avait perdu toutes capacités de décision, tout libre arbitre. Il eut l'impression un instant qu'il volait. Il se sentait bien finalement. Il était rassuré.

Il pensa que c'était agréable que cet homme lui tienne la main comme cela. Il aurait pu le conduire où bon lui semblait. Jean-Baptiste tenta de lutter contre ce sentiment. Il tenta de se reprendre. S'il se sentait si bien, c'était sans doute les effets de quelque drogue.

Ils s'approchèrent d'un étrange véhicule. Jean-Baptiste n'en avait jamais vu de semblable. L'homme ouvrit la porte du conducteur. Il intima l'ordre à

Jean-Baptiste de monter. Il lui lâcha la main. Il était certain qu'il ne tenterait pas de s'échapper. Jean-Baptiste se glissa à l'arrière. Il y était seul et il avait beaucoup de place.

Sur le siège passager se tenait une personne. C'était une femme. Elle était de dos. Elle ne se retourna pas lorsqu'il s'installa. Elle portait un grand chapeau de paille et un débardeur, elle aussi. Mais, contrairement à celui des autres membres, il était noir. Cela ajouta au mystère.

Jean-Baptiste eut l'idée de vérifier si elle portait également des tongs et des chaussettes, mais, craignant sa réaction, il n'osa pas. C'est alors que, regardant au loin, la femme s'adressa à lui :

« C'est bon, tu as fait pipi ? »

Décidément, on s'intéressait beaucoup à son urine. Pourquoi ? Était-ce lié à la question du dopage ? Peut-être que cette secte qui l'avait enlevé était une sorte de groupuscule extrémiste de la cause antidopage ? Il existait bien des groupuscules extrémistes de la cause animale, de la cause religieuse, de la cause alimentaire, de la cause nucléaire, de la cause xénophobe, de la cause éducative, de la cause culturelle, de la cause sportive, de la cause humanitaire. Des causes, le monde n'en manquait pas, des extrémistes non plus. Alors pourquoi pas

des extrémistes de la cause antidopage ? Peut-être l'avaient-ils kidnappé pour en faire un symbole de leur lutte ? Ou pour s'adonner à des expériences prouvant l'inhumanité de ses performances ? Jean-Baptiste craignait que, plus qu'un symbole, on ne fasse de lui un martyr.
Et si ces gens voulaient en réalité le sacrifier en promettant la même chose à tous les tricheurs ! L'idée semblait radicale, certes, mais elle pourrait être diablement efficace. Imaginez la photographie de Jean-Baptiste assassiné et ce message inscrit en lettres de sang : « Voilà où conduit le dopage. » L'image en ferait réfléchir plus d'un, c'était certain. Mais il y avait de l'injustice dans cela. Jean-Baptiste ne s'était jamais dopé ! Alors, quoi ? On devrait le sacrifier tout de même ? Après tout, dans toute lutte, il y a des victimes. Le groupuscule semblait, de toute façon, persuadé de sa culpabilité pour avoir monté une telle opération.
Même s'il était innocent, il fallait sans doute que meure Jean-Baptiste pour que vive un sport sain. Il serait un dommage collatéral de la lutte.
Il répondit que oui, c'était bon, il avait fait pipi. La femme parut satisfaite et se concentra sur un appareil qu'elle tenait en main. L'homme s'assit au volant du véhicule et le démarra. Jean-Baptiste,

sur son siège, désemparé et inquiet, s'était installé dans la position du fœtus. Il fut surpris lorsqu'il lui sembla que le véhicule s'élevait dans les airs.

« Tu t'assieds comme tu veux, mais tu mets ta ceinture, Jean-Baptiste. »
Il se soumit à l'ordre sans résister. La femme se retourna.
« Tiens, attrape. Ce truc de Tetris, je n'y arriverai jamais. »

C'était elle.

Il ne pouvait le croire. Cela n'avait pas de sens. C'était impossible. Ce ne pouvait pas être elle. Se tordant légèrement le dos et tendant son bras nu en direction de Jean-Baptiste, elle lui présentait une vieille Game Boy. Jean-Baptiste ne pouvait quitter des yeux ce visage qu'il avait vu mille fois enfant. C'était une sensation fabuleuse qu'il éprouvait. Elle avait sans doute dix ans de plus que la dernière image dont il se souvenait, mais Jean-Baptiste n'avait aucun doute. C'était le visage fragile, merveilleux et déchirant de sa maman.

Sa maman.

Jean-Baptiste était un orphelin. La seule personne qu'il avait pu appeler maman était sa grand-mère et pourtant elle était là, sa maman. Elle portait un chapeau de paille et un débardeur noir, sa maman. Elle se retournait vers lui et lui tendait, de son bras nu, une Game Boy, sa maman.
Jean-Baptiste était bouleversé. Mais surtout, la joie et l'amour qu'il sentit monter dans son ventre à ce moment-là lui firent comprendre une chose essentielle : il n'était pas mort.
Il ne comprenait pas comment cela était possible et finalement il s'en fichait. Il était près d'elle.
Quand il se saisit de la Game Boy, ses doigts d'enfant effleurèrent la main de sa mère. Le moment était magique et superbe. Mais Isabelle se retourna comme si de rien n'était.
Jean-Baptiste s'assit correctement sur son siège et tenta d'apercevoir dans le rétroviseur le visage de celle qu'il aimait soudain. Il en était tombé amoureux au premier regard. Il repensait à l'instant fugace où ils s'étaient touchés. Il songea qu'en y pensant très fort cela se graverait dans sa mémoire. Il concevait l'immortalité de ce souvenir.
Lentement, le lourd véhicule commença à avancer. Petit à petit, Jean-Baptiste parvenait à comprendre où il se trouvait. Il était dans une voiture. Celle-ci

semblait avancer avec difficulté, comme si quelque chose la retenait. Il décrocha sa ceinture, mit les genoux sur son siège et se retourna pour voir ce qui alourdissait l'automobile. C'était une caravane beige.

Jean-Baptiste regardait le camp s'éloigner lorsqu'il vit inscrit en lettres blanches : « Total, vous ne viendrez plus chez nous par hasard. »

La voiture a pris de la vitesse et s'est insérée dans la circulation sur l'autoroute. Jean-Baptiste demeurait calme sur son siège. Il tentait de retrouver toute sa tête. L'homme conduisait avec assurance, sans mot dire. Isabelle regardait le paysage défiler devant ses yeux.

« Papa, on arrive dans combien de temps ?

– Tu vas pas me poser la question toutes les cinq minutes ? Dans trois heures, à peu près. Dors si tu veux. »

Jean-Baptiste sourit. Bien sûr que l'homme était son père.

Jean-Baptiste partait en vacances avec ses parents. La caravane était attelée, les grands rétroviseurs étaient installés sur les ailes de la voiture, et l'autoradio était réglé sur Nostalgie.

Il y avait beaucoup de monde sur la route et il

faisait chaud. Jean-Baptiste ne voulait surtout pas dormir car il craignait que son sommeil ne fasse disparaître le moment qu'il était en train de vivre.
« On est quel jour, maman ?
– Le 15 août, mon chat. »

Le voyage se poursuivait paisiblement. Jean-Baptiste alluma sa Game Boy et commença à empiler des carrés. Michel Sardou se demandait « ce qu'il se serait passé si les Ricains n'avaient pas été là ».
« Il faudrait quand même que l'on achète une voiture avec la clim' un jour. On crève de chaud là-dedans.
– Tu plaisantes, Isa ? Regarde comme elle roule, ma CX. Si le joint de culasse tient, on est reparti pour 100 000 bornes, facile.
– D'accord, mais c'est toujours des frais cette bagnole. Un jour, c'est le joint de culasse, un autre, c'est la pipe d'admission, un autre encore, c'est le calorstat, ou je ne sais quoi.
– Écoute, on verra tout ça à la rentrée. Pour l'instant, changer de voiture, ce n'est pas la priorité.
– La priorité, je sais très bien ce que c'est. Tes cheveux, toujours tes cheveux !
– Arrête un peu. On ne va pas recommencer avec mes cheveux. C'est en trois fois, les implants, tu le

sais bien. Je ne vais quand même pas m'arrêter au bout de deux, ce serait trop bête. »

Jean-Baptiste regardait la scène avec fascination et ravissement. Durant son adolescence, le fait de voir des parents se disputer l'avait toujours enchanté. C'était un spectacle dont il ne se lassait pas. Et voilà que maintenant, sous ses yeux, ses propres parents se querellaient. Et à propos d'un calorstat, qui plus est. C'était magique.

La voiture roulait toujours et c'était vrai que la climatisation eut été agréable. Jean-Baptiste avait soif. Il a demandé à boire et sa mère lui a tendu une bouteille d'Orangina. Il a bu et a fait un petit « ahh » quand il a terminé. Il a rendu la bouteille à sa mère. Enfin, il a osé.

« Bisou ?… »

Sa mère a approché sa joue et Jean-Baptiste y a posé ses lèvres.

Il savait. Il savait que ses parents étaient morts. Il savait que tout ce qui se déroulait dans cette voiture n'avait rien de réel. Et pourtant.

Toute sa vie, Jean-Baptiste avait considéré que c'était lui qui les avait tués. On ne lui avait jamais caché qu'Isabelle était morte en le mettant au

monde. Pour Patrick, on n'était pas entré dans les détails, mais les neufs mois qui séparaient la mort de son père de celle de sa mère ne lui laissaient aucun doute.
Il voulait leur dire un mot, un seul. Un mot qu'il avait en lui depuis tant d'années.
Assis sur le siège marron de la CX, Jean-Baptiste n'y parvenait pas. Il n'en avait pas la force ou pas le courage. Ces qualités, il les avait pourtant toujours trouvées face à ses adversaires sur les pentes du Ventoux ou du Galibier.
Mais, face à ses parents, il était désemparé. Il se cachait derrière la crainte que cela ne détruise tout. C'était hypocrite. Il n'osait tout simplement pas. Il se cherchait de fausses excuses. Il se mentait à lui-même. Il fallait pourtant qu'ils sachent.
Alors, tandis que le joint de culasse tenait bon, il leur a dit :

« Pardon. »

VIII

« Qu'est-ce que c'est que cette histoire ?! »

Jean-Pierre ne pouvait en croire ses yeux. Sa mâchoire s'est resserrée et ses doigts se sont crispés sur le téléphone. Il venait de prendre connaissance du message de Sophie. De toutes ses forces, il a crié :

« Catherine ! »

Mais Catherine n'a pas répondu. Alors, il a traversé l'appartement en trombe. Il était en colère, ça oui. Les colères des Jean-Pierre sont parmi les colères les plus terribles, derrière celles des Marcel, mais largement devant celles des Simon ou des Philippe. Celles des Philippe frisent parfois le ridicule. Catherine lisait un livre intéressant : *De la sadomasochie en Amérique* (d'un auteur dont le nom nous échappe).

« Tu te rends compte ?! Ah, vraiment, cette Sophie ! »

Catherine a baissé son livre, se résignant à finir beaucoup plus tard ce chapitre passionnant sur la pratique du bondage dans le comté de Crittenden (Kentucky) dans les années quarante et son impact sur certaines cérémonies du Ku Klux Klan. Lasse, elle a répondu à son mari.

« Quoi encore, cette Sophie ?

– Quoi encore ?! Non mais, je te jure. Parfois, je me pose de sérieuses questions à son sujet. Une jeune fille, paraît-il brillante scolairement, toujours première de sa classe et qui fait Normale sup par-dessus le marché ! Et regarde ce qu'elle m'envoie : "Vous êtes échangistes ?" Écrit "Vs", plus loin "e" accent grave, merci quand même pour l'accent qui a dû lui demander un sacré effort ! Plus loin, échangiste, sans accent sur le "e" et pas de "e" à la fin et pas de "s" non plus ! Non mais, franchement. Qu'une normalienne méprise les accents passe encore, mais les attributs du sujet, tout de même ! Les attributs du sujet ! Et c'est toujours la même histoire, bien sûr ! Elle va encore me dire : "Mais, papa, c'est pour aller vite et puis tu comprends pas de toute façon." »

Jean-Pierre s'emportait, il était à la limite de la colère d'un Marcel.

« Si tu crois que je vais laisser passer ça ! Tu te fourres le doigt dans l'œil, ma petite Catherine, ah ça oui – Catherine, en bonne professionnelle, pensa à la symbolique très forte de l'expression "Se fourrer le doigt dans l'œil", nous vous laissons y réfléchir –, je vais lui dire le fond de ma pensée, à Sophie ! Elle va entendre parler du pays, je te le dis. Franchement, l'attribut du sujet. Mais, le pire, Catherine, le pire, c'est que c'est encore moi qui vais passer pour l'imbécile ! Ah, mais non ! Je ne me laisserai pas faire. Crois-moi. J'ai peut-être pas fait Normale supérieure, moi. Mais je sais encore accorder un attribut du sujet ! J'ai été chef de service, moi. Et elle, qu'est-ce qu'elle a fait pour l'instant, à part avoir eu son petit concours de merde et écrire des textos qui me font honte ? Car oui, Catherine, et regarde-moi quand je te parle ! J'ai honte ! Oui, j'ai honte. J'ai honte de cette génération qui se fiche de tout, qui se fiche de moi. Tu crois que moi j'aurais pu écrire un texte semblable à mon père ? Aucune chance, Catherine. Aucune chance. On savait accorder ses attributs, crois-moi ! Oh mais, ça va changer. Ça va changer ! S'il le faut, je lui ferais moi-même des dictées, tu entends. Moi-même. En tout cas, plus jamais elle ne m'enverra de tels messages. Je te le garantis, Catherine ! Je te le garantis ! »

Jean-Pierre, dans ces moments, avait un petit côté Michel Galabru, peut-être parce que les colères des Michel sont parfois légèrement « surjouées ».

Catherine commençait à en avoir assez de cet emballement exagéré. Elle pensa que, certes, un attribut du sujet, cela se respecte, comme tout ce qui s'accorde avec le sujet d'ailleurs, quand bien même cela nécessiterait la présence d'un verbe

d'état, mais que ce n'était peut-être pas une raison pour partir dans une fureur pareille.
Alors, pour le calmer, et parce que son Jean-Pierre, au fond, elle le connaissait bien, elle trouva les mots justes :
« Tu as raison Jean-Pierre. »
Jean-Pierre se calma subitement.
« Je suis bien content que tu penses comme moi. »
Catherine était avant tout une psychanalyste de talent et, après avoir calmé son mari, elle lui posa cette question :
« Tu crois que c'est vraiment l'attribut… le sujet ? »
Jean-Pierre venait de se faire avoir en beauté ! Il en fut tout décontenancé. Mais il ne se laissait pas faire et il répliqua.
« C'est bon, tu vas pas m'emmerder avec ta psy.
– Pas de vulgarité, je t'en prie. Ce que je veux dire, c'est que tu ne trouves pas cela un peu excessif de t'énerver ainsi pour un attribut du sujet ?
– Catherine, tu ne comprends pas. Ce n'est pas pour l'attribut du sujet que je m'énerve. C'est pour ce que cela symbolise.
– Et cela symbolise quoi ? »

Jean-Pierre venait de se faire avoir pour la deuxième fois en moins de deux minutes ! Catherine l'avait amené sur son terrain, un peu comme le fait un informaticien lorsqu'il rencontre une personne dans une soirée, et Jean-Pierre n'avait aucune chance de s'en tirer, tout comme cette personne.

« Catherine, arrête, s'il te plaît, je ne suis pas d'humeur. Viens-en au fait. C'est quoi le sujet et le symbole ?

– Cela me paraît clair.

– …

– Tu ne vois pas ?

– Non, Catherine, je ne vois pas ! Mais si tu commences à me parler de tes sadomasos, je te préviens…

– Le sujet, c'est nous en tant que couple, cela me paraît évident. Et le symbole ? Eh bien le symbole, c'est l'enfant qui cherche à savoir ce que font papa et maman dans leur chambre. Sauf que là, Sophie brise un tabou puisqu'elle ne se contente pas de chercher à savoir ce que font "papa-maman", elle leur pose directement la question. Elle s'attaque à l'interdit et c'est cela qui te fait te mettre autant en colère. Une colère un peu hystérique d'ailleurs, mon chéri. Il faudra que l'on travaille là-dessus. Sans compter que c'est encore ta petite chouchoute qui te provoque.

– Tu sais très bien qu'il n'y a pas de chouchoute,

Catherine. J'aime mes trois filles autant les unes que les autres.
– Je n'ai pas dit que tu aimais Sophie davantage. J'ai simplement dit qu'elle était ta chouchoute, c'est différent. C'est étrange que tu assimiles cela à l'amour que tu portes pour tes filles, non ?
– D'accord, tu as gagné. Allez, arrête. Bon, c'est très bien tout ça, mais je lui réponds quoi moi, à Sophie ?
– D'après toi ?
– Je ne sais pas. Je lui dis la vérité ?
– Ah bon ? Si Sophie frappe à la porte de la chambre pendant que nous faisons l'amour, pour voir ce qu'il s'y passe, tu vas lui ouvrir, toi ?
– Non, évidemment.
– Eh bien, pourquoi ce serait différent ici ?
– Donc je ne lui réponds pas ?
– Donc tu ne lui réponds pas. »

IX

Quelque part, Jean-Baptiste pouvait voir la mer. La voiture longeait la côte à une allure modérée, ce qui lui permit d'ouvrir sa fenêtre. Le vent lui caressait les joues.
« On arrive dans cinq minutes », a dit son père.
La barrière s'est ouverte et ils ont pénétré dans le camping. Patrick s'est arrêté à l'accueil pour connaître l'emplacement et régler quelques formalités. Isabelle s'est retournée vers son fils et lui a demandé doucement :
« Ça va, mon chat ? »
Jean-Baptiste lui a souri. En rentrant dans la voiture, Patrick a donné les papiers à son épouse et, ne cachant pas sa joie d'être en vacances avec sa famille, il a lancé :
« Allez, c'est parti ! »
Jean-Baptiste et sa mère aidèrent à la bonne réussite de la manœuvre pour installer la caravane. Apparemment, Patrick connaissait son affaire car cela fut fait avec une belle maîtrise, celle d'un expert du braqué/contre-braqué.
On a placé des cales en bois sous chaque roue. On a mis en place l'auvent. Chacun exécutait les ordres du père sans rechigner. La partie la plus délicate,

qui consiste à faire coulisser la glissière de l'auvent dans celle de la caravane, posa quelques difficultés, mais ils y parvinrent finalement. Cependant, l'orage menaçait. Alors, Patrick a pris quatre pommes de terre.
« Ça protège de la foudre, il paraît. »
Avec force, il les a plantées sur le haut des piquets qui maintenaient l'abri. Lorsque tout fut terminé, on s'attaqua à la tente canadienne de Jean-Baptiste. Ses parents considéraient qu'il serait mieux pour lui d'y dormir. Tandis qu'ils s'affairaient, l'orage éclata.
Ils ont rangé à la hâte tout ce qu'ils avaient sorti et se sont réfugiés dans la caravane. Isabelle a attrapé une serviette-éponge et a frictionné son fils qui était trempé. Tous les trois se sont installés sur la banquette du fond.
« Si on jouait aux petits chevaux ? » a proposé Patrick.
La partie a démarré. Jean-Baptiste avait le cheval rouge, son père le bleu et sa mère le jaune. Le son des gouttes d'eau qui battaient la tôle comblait Jean-Baptiste de joie. Le cheval rouge termina dernier, mais il ne fut pas jeté à travers la caravane avec le reste du jeu.
Ce fut l'heure de dîner. Isabelle a posé trois assiettes

en plastique dur sur la table. Elle a coupé un melon et y a ajouté du jambon de pays. Ensuite, ce furent des haricots et du blanc de dinde. En dessert, elle leur fit la surprise de sortir une tarte aux abricots. À la fin, Jean-Baptiste s'est léché les doigts, qui étaient collés par le sucre.

« Debout, coco. »

La lumière du petit matin était encore blanche. Il ne devait pas être beaucoup plus tard que sept heures. Jean-Baptiste avait les yeux collés, les cheveux en bataille et la marque de la fermeture de son sac de couchage sur une joue. Il s'est appuyé sur un coude et a vu son papa qui se tenait à l'entrée de la tente.

« Allez, debout. »

Il s'est levé avec peine, il a enfilé sa polaire et est sorti de sa canadienne. En arrivant dehors, il s'est frotté les bras. Tout le monde dormait encore dans le camping. Patrick était sous l'auvent, il préparait le petit déjeuner. Il a chuchoté :

« Ne fais pas trop de bruit, mon chat, maman dort. »

Jean-Baptiste s'est assis à la table et a commencé à beurrer une tartine. Son père tenait une casserole en fer, d'où frémissait un lait bouillant. À l'aide d'une petite cuillère, il a retenu la crème qui s'y était formée et a versé le lait dans le bol à oreilles de son garçon. Il y a ajouté du Nesquik.

Tandis que son fils terminait son chocolat, Patrick vérifiait le matériel.

« On y va. »

Tous les deux sont partis en direction de la mer. Jean-Baptiste regardait son père avec fierté. Il était fier d'avoir un papa qui se lève tôt le matin pour emmener son fils à la pêche. Il était fier d'avoir un papa qui enlève la crème de son lait.

Arrivés sur les rochers, ils ont posé l'équipement. La mer était parfaitement lisse. Patrick a commencé à monter les lignes. Tout d'abord, celle de Jean-Baptiste. C'était un petit lancer. Avec la minutie du pêcheur, il a fixé, au bout, un rapala blanc.

« S'il y a du bar, avec ça, t'es sûr d'en faire. »

Ensuite, il a préparé sa grande canne. Il voulait être certain d'envoyer son appât plus loin que celui de son fils.

Une fois les préparatifs terminés, Patrick a donné sa canne à Jean-Baptiste. Quand il l'a saisie, Jean-Baptiste a eu la même joie que lorsqu'il a revêtu pour la première fois le maillot jaune.

« Fais un essai pour voir. »

Jean-Baptiste s'est concentré. D'un geste ample et assuré, il a lancé son leurre. Patrick, deux mètres en

arrière, observait la scène, les bras croisés. La ligne s'est élancée d'environ dix centimètres et est revenue directement dans la canne ! Jean-Baptiste était affreusement vexé. Son père s'est approché de lui.
« Je ne comprends pas ce qu'il se passe, il y a un problème quelque part.
– Montre-moi. »
Patrick a attrapé la canne et a débloqué l'arceau du moulinet.
« Regarde, d'abord tu débloques comme ça. Quand ta ligne a touché l'eau, tu le rebloques et c'est bon. »
Jean-Baptiste a recommencé l'opération et a lancé sa ligne à vingt mètres. Son père, dans toute sa puissance de père, a envoyé la sienne à plus de quarante.
Ils pêchaient depuis environ deux heures. Le soleil avait commencé à monter. Le vent qui soufflait plein ouest ce jour-là se levait de plus en plus.
Patrick a allumé une cigarette. Il regardait au loin, empli de sérénité. Au rythme des embruns, ses beaux cheveux tourbillonnaient. Quand la rafale cessait, ils se reposaient doucement sur son crâne.
Il a fouillé dans son sac et en a tiré une boîte de conserve d'un bleu intense. Il l'a ouverte et a attrapé une demi-baguette de pain ramollie par

l'humidité. À l'aide d'un vieux couteau, il a étalé la terrine et l'a proposée à son fils.
« Tiens, un peu de pâté Hénaff, si tu veux être un vrai pêcheur. »
Jean-Baptiste n'avait aucune envie d'être un vrai pêcheur. Pour tout dire, il commençait à franchement s'ennuyer, debout sur son rocher. Mais il voulait être un bon fils. Il a dévoré sa tartine de cochon.
« Allez, c'est bon. On plie les gaules. »
Les deux hommes, comme près de 71 % des pêcheurs amateurs, étaient bredouilles. Ils sont rentrés à la caravane. Isabelle leur a demandé s'ils avaient laissé quelques poissons dans la mer. Patrick mit son insuccès sur le compte d'un matériel inadapté, mais il évoqua, tout de même, quelques touches tout à fait imaginaires. Il faisait ainsi son entrée dans le cercle des véritables pêcheurs.

« Et Jean-Baptiste ?
– Il a fait du bon boulot. »

Les vacances se déroulaient paisiblement. Jean-Baptiste se fit quelques amis dans le camping. Son père et sa mère, à sa plus grande joie, se disputaient parfois.

L'après-midi, tous les trois se rendaient à la plage. Son père, le plus souvent, s'endormait. Sa mère lisait d'anciens *Paris Match* ou bien sortait de son sac un livre au titre douteux : *le Pigeon*. Le soir, après dîner, ils y revenaient et marchaient tous les trois sur le sable.
Ils étaient installés depuis dix jours lorsque l'accident survint.
Il était vingt heures et la nuit commençait à tomber. Un groupe s'est approché furtivement de l'emplacement de Jean-Baptiste et de sa famille. Un jeune garçon a lancé un « toc, toc... ». Isabelle a ouvert la moitié haute de la porte de la caravane.
« Oui ?
– Bonsoir, madame. On voudrait savoir si Jean-Baptiste pourrait venir jouer avec nous au badminton ?
– Maintenant ? Mais il fera bientôt nuit.
– Il y a un peu de lumière près du terrain.
– Tu veux aller jouer au badminton ?... Il finit son dessert et il vous rejoint. »

Jean-Baptiste est arrivé sur le terrain. Arnaud, Grégory et Matthieu s'y trouvaient déjà.
« Salut, les gars. Vous avez une raquette pour moi ? »
La partie a démarré. On jouait en double. Matthieu

et Grégory contre Jean-Baptiste et Arnaud. Les forces étaient équilibrées. Chacun défendait sa moitié de terrain avec courage.
Le score devait être de 77 à 82 lorsque Jean-Baptiste s'est écroulé. Sous la lumière orangée d'une sorte de lampadaire, il reposait sur le ventre. Il ne bougeait plus. Il tenait toujours dans sa main gauche sa raquette de badminton. Il était pétrifié par la décharge électrique qui lui avait fendu le crâne. Il se demandait pourquoi quelqu'un lui avait tiré dessus.
« Oh, excuse-moi, Jean-Baptiste ! J'ai pas fait exprès ! »

Arnaud ne savait comment s'excuser. Bien entendu qu'il n'avait pas fait exprès. Après tout, le badminton demeure l'un des sports les plus dangereux. Il avait mis énormément de force dans ce coup qui avait terminé sa course dans le visage de Jean-Baptiste. Sous le choc, sa pommette a explosé.
Patrick est arrivé le premier. Il a aidé Jean-Baptiste à se relever et l'a rassuré en lui disant qu'il était « bon pour des points ».
Lorsque Isabelle a vu son fils, elle a mis sa main devant sa bouche et elle a fait « oh ». Elle a appliqué sur le visage de Jean-Baptiste un torchon propre

afin de limiter le saignement. Jean-Baptiste tenait difficilement sur ses jambes. Isabelle jugea plus sage d'appeler les pompiers.
Leur lumière bleue a fait sortir de leurs caravanes la plupart des vacanciers. On a allongé Jean-Baptiste sur une civière, on lui a posé une couverture grise qui pique et on l'a embarqué dans le véhicule.

Dans le camion, Jean-Baptiste ne se souvient pas avoir entendu la sirène. Peut-être qu'ils ne l'ont pas mise.

X

« Elle sera comment ta vie à toi, Anna ?
– Pourquoi ? Ça t'inquiète ?
– Non, c'est juste que parfois je me demande…
– Quoi ?
– Comment sera ma vie à moi.
– Alors pourquoi tu demandes comment sera ma vie à moi ?
– Peut-être que ta vie à toi pourra m'éclairer sur ma vie à moi.
– À toi, à moi, à toi, à moi. Ça devient un peu compliqué.
– Je veux dire, tu te poses jamais la question de savoir comment sera ta vie ?
– Mais tu me prends pour un robot ou quoi, So-So ? Bien sûr que je me pose la question. Tout le monde se pose la question.
– Donc, j'ai bien le droit de me la poser.
– Bien entendu.
– Parfois, c'est juste que j'ai peur de passer à côté.
– À côté de quoi ?
– À côté…
– À côté de ta vie ? »
Sophie s'est levée et a fouillé dans son manteau. Elle est revenue s'asseoir et elle a commencé à lire :

La rue assourdissante autour de moi hurlait.
Longue, mince, en grand deuil, douleur majestueuse,
Une femme passa, d'une main fastueuse
Soulevant, balançant le feston et l'ourlet ;

Agile et noble, avec sa jambe de statue.
Moi, je buvais, crispé comme un extravagant,
Dans son œil, ciel livide où germe l'ouragan,
La douceur qui fascine et le plaisir qui tue.

Un éclair… puis la nuit ! – Fugitive beauté
Dont le regard m'a fait soudainement renaître,
Ne te verrai-je plus que dans l'éternité ?

Ailleurs, bien loin d'ici ! trop tard ! jamais peut-être
Car j'ignore où tu fuis, tu ne sais où je vais,
Ô toi que j'eusse aimée, ô toi qui le savais !

« C'est un poème de Baudelaire.

– Merci, mais je sais encore lire une couverture de bouquin.

– Il s'appelle : *À une passante.* C'est beau, non ?

– C'est très beau.

– Il m'est arrivé la même chose que dans ce texte. Je suis tombée amoureuse de quelqu'un comme ça. Dans la rue.

– Super, j'appelle tout de suite un producteur pour qu'on dépose les droits et qu'on en fasse un film.
– Arrête. Enfin, t'as raison, c'est débile. Et d'ailleurs moi aussi je l'ai pensé. Alors j'y ai réfléchi. Et je me suis dit que le mieux ce serait d'en faire une dissertation…
– Tu rigoles là, Sophie ?! Une dissert' ? Apparemment, ils n'ont pas réussi à vous dégoûter à l'ENS. Ils sont quand même forts…
– Arrête deux minutes ! Je suis sérieuse là. Écoute-moi pour une fois. Je me suis demandée dans quelle mesure j'étais tombée amoureuse de cet homme. J'en suis arrivée à la conclusion que je n'étais pas vraiment tombée amoureuse de cette personne et qu'elle ne m'avait pas non plus sauvée de quoi que ce soit, ou redonné goût à la vie, ou je sais pas quoi. Ce que j'ai finalement compris, c'est que j'étais tombée amoureuse de l'idée que je me faisais de la vie avec lui. Alors peut-être que je suis passée à côté, tu vois. C'est pour ça que je me pose la question de savoir comment sera ma vie. C'est pour ça que je voudrais bien que tu me dises comment elle sera, la tienne.
– Tu veux dire celle dont je rêve ou celle que je pense avoir ?
– Ça peut pas être la même ?

– Je ne pense pas, Sophie.
– C'est triste.
– Non, au contraire. Je sais pas. Ce que je veux dire, c'est plutôt que je n'espère pas que ma vie se confondra avec mes rêves.
– Ah bon ? T'es vraiment space en fait.
– Parce que, tu sais, les rêves que l'on a, c'est souvent qu'un ramassis de poncifs plus ou moins niais. Les rêves que l'on a, c'est plus ou moins un transfert des rêves des autres. "Je veux telle voiture", "je veux des enfants intelligents", "je veux une belle maison", "je veux un beau job", "je veux de la reconnaissance"... Tu veux que je te dise, Sophie, les rêves aujourd'hui ils ne sont plus que de deux ordres : la consommation ou la performance. Des rêves comme ça, moi, j'en veux pas dans ma vie. Ce que je veux, moi, c'est une vie sans mépris. Car le mépris, c'est la chose qui me rend le plus malade au monde. C'est atroce tout ce mépris. C'est la fin de tout.
– Ouais, peut-être. Je sais pas trop...
– Mais tu sais, il y a une autre chose et c'est peut-être même pire.
– Tu commences à me faire peur...
– Le cynisme. C'est une telle forme de lâcheté. C'est tellement plus facile de ne s'intéresser à rien, de se moquer de tout. C'est tellement plus facile de

rester dans son coin en ignorant le reste du monde. Surtout ne rien changer, c'est tellement mieux comme ça. C'est tellement plus facile de dire que le futur sera affreux et que de toute façon on va dans le mur ou je ne sais pas quoi encore. Mais non demain, tout s'arrêtera pas ! Demain sera génial, voilà ce que je veux me dire. Demain sera génial. On a le choix, putain.

– Tu peux parler, toi, le cynisme, tu connais…

– Certainement pas, Sophie. Je crois que tu confonds le cynisme et l'ironie.

– Ouais, je sais pas.

– Moi, je veux une vie simple. Je veux Jean-Baptiste auprès de moi, je veux le regarder, je veux le toucher, je veux lui parler de moi, je veux m'engueuler avec lui, je veux le détester, je veux l'aimer, je veux qu'il me parle de lui, je veux qu'on fasse des choses extraordinaires ensemble et des choses stupides aussi. Mais surtout, je sais qu'avec lui je vais garder ma capacité à être enchantée. L'enchantement, je voudrais que ce soit ça la clé de ma vie.

– C'est joli ce que tu dis. C'est la première fois que l'on se parle comme ça.

– C'est la première fois que l'on se parle tout court. C'est toi qui l'a dit : "on ne peut rien se dire dans cette famille". Comme j'ai l'esprit de contradiction…

– Comment peux-tu être certaine que tu auras tout ça avec Jean-Baptiste ? Vous vous connaissez depuis même pas un mois.
– Je sais pas trop, c'est vrai. J'ai comme une sensation étrange. Il me touche.
– Ouais, j'espère bien qu'il te touche.
– T'es bête…
– Et avec Guillaume ? C'est fini ? »

Nous avions retardé autant que possible l'irruption de Guillaume dans notre récit. Nous ne blâmons pas Sophie pour cette maladresse. Connaissait-elle notre souhait de ne pas évoquer ce personnage ? Nous lui accordons le bénéfice du doute.
Il en est des Guillaume au XXIe siècle comme des François au XXe ou des Marius au XIXe. Ce sont des empêcheurs de tourner en rond, dans le sens où ils sont toujours là où ils ne devraient pas être, et le plus généralement dans les souvenirs de la femme finalement séduite. Jean-Baptiste, comme tous ceux ayant autrefois affronté des François ou des Marius, devra donc lutter contre la figure de cet ancien fiancé aux qualités si évidentes, à la sensibilité si affirmée, à la réussite professionnelle incontestable, à la beauté notoire. Ces hommes sont des décharges à lieux communs. Guillaume,

comme de bien entendu, lorsqu'il était encore avec Anna, s'entendait parfaitement avec son beau-père puisque lui aussi se destinait à l'urologie et qu'il était évidemment passionné de chasse. Comble de la banalité, lors d'une battue au sanglier, Jean-Pierre s'était laissé aller un jour à l'appeler « fiston ». Jean-Pierre, un ancien chef de service, quand même…

Telle serait la lutte que devrait engager Jean-Baptiste sitôt sorti du coma. Sa position actuelle était confortable. Il n'avait qu'à attendre que le temps passe. On viendrait le visiter et le plaindre quoi qu'il en soit. Il n'aurait pas beaucoup d'efforts à fournir. Mais une fois réveillé ? Comment s'en sortirait-il ? Évoquer l'enfance, cela fonctionne bien dans les premiers temps d'une rencontre, c'est comme les vacances à Center Parcs, on ne prend pas de gros risques. Mais ensuite ? Il n'allait pas parler du collège et de sa grand-mère toute sa vie.

Il allait devoir lutter contre l'habituel, le fréquent, le normal. Cela dit, cette lutte contre l'ordinaire, ils devraient la mener à deux, ce n'était pas uniquement l'affaire de Jean-Baptiste, c'était aussi celle d'Anna. Mais pour son combat à distance avec Guillaume, il serait seul (un mano à mano en somme). Comment affronter un souvenir ? Un souvenir, ça ne se décroche pas dans l'Alpe-d'Huez, ça ne se bat pas au sprint.

« Je ne veux plus entendre parler de ce connard, compris ?! (Finalement, tout n'était peut-être pas en défaveur de Jean-Baptiste, qui sait ?)

– Pourquoi ? C'est à ce point-là ?

– Oui, c'est à ce point-là…

– Pourquoi ? (Il semblait que Sophie ait du mal à comprendre l'expression "Je ne veux plus entendre parler de ce connard".)

– Apparemment, t'as du mal à comprendre l'expression "Je ne veux plus entendre parler de ce connard".

– C'est triste.

– Non, c'est pas triste.

– Si, c'est triste de ne plus pouvoir parler de quelqu'un que l'on a aimé. C'est triste pour Guillaume.

– Guillaume, je ne vais certainement pas le plaindre. » (Alors là, nous non plus.)

Elle bâilla et s'étira légèrement. Sophie demanda :

« Quelle heure il est ?

– Il est quasiment six heures du mat'. Il faudrait aller dormir, je pense.

– J'ai pas envie de dormir.

– Alors tu veux un café ou un thé ?

– Je veux bien un thé, t'es douée pour le thé. »
Cette fois encore, Anna le prépara avec grâce, précisant, comme à son habitude, qu'il fallait attendre un peu que l'eau refroidisse avant de la verser sur la boule métallique pour « garder les arômes les plus fins ».
Dans l'appartement, le soleil pénétrait de plus en plus, donnant au parquet de jolis reflets entre le pourpre et l'or. Il faisait déjà chaud.

Les deux sœurs s'étaient endormies sur le Clic-Clac depuis environ une heure, lorsque le téléphone sonna. « Bonjour Anna, c'est Geneviève. Je ne te réveille pas ? », avait dit la voix au téléphone. Elle avait menti en disant que « non ». « Je t'appelle pour te signaler que les médecins vont réveiller Jean-Baptiste aujourd'hui. J'ai pensé que je devais te prévenir. » Elle avait répondu avec surprise : « Aujourd'hui ? » Geneviève avait précisé que ce serait sûrement « d'ici à deux heures, disons en fin de matinée ». Elle était émue en entendant ses paroles. « Tu penses pouvoir être là ? » avait ajouté Geneviève. Anna avait répondu :
« Je serai là. »

XI

C'était une journée sans cliché. Il ne pleuvait pas. Pourtant, depuis déjà quelques minutes, Patrick avait démarré le pire travail qui soit : il enlevait les sardines au bas de l'auvent. Bientôt, il s'attaquerait aux barres qui le maintenaient, avant de le faire glisser le long de la caravane. Les vacances se terminaient. Il n'y avait rien à faire. C'était dimanche.
Jean-Baptiste était encore sous sa tente. Il restait là, contemplant les gouttes d'humidité suspendues à la toile, voulant retarder le moment où, lui aussi, devrait la replier et voir la marque jaunie de l'emplacement qu'il devait quitter.
Finalement, il dut se résoudre à sortir de ce cocon qu'avait été pour lui, pendant deux semaines, son sac de couchage. Il sortait de cet ersatz de chrysalide, mais il n'avait rien d'un papillon. Il enfila ses claquettes et referma la fermeture Éclair. Son père était habillé comme la première fois, en short et en débardeur. Seuls ses pieds avaient réussi à échapper aux chaussettes et aux tongs. Pour combien de temps ?
Isabelle s'affairait à ranger dans des caisses des allumettes, une boîte presque vide de Nesquik, des pêches défraîchies, des magazines gondolés, une

bouteille de sirop de menthe, un paquet de spaghettis, un réchaud à gaz bleu et d'autres choses encore. Il y avait, dans cette façon de regrouper ces éléments d'une existence achevée, une sorte de devoir de mémoire de la vie en camp de vacances. Une tentative maladroite d'approche d'un reliquaire du camping.
Jean-Baptiste observait sa mère. C'était un tourbillon de rangement, c'était une organisation bien rodée. En moins d'une heure, l'emplacement fut entièrement débarrassé.
Ne restait que la tente de Jean-Baptiste. Son père lui proposa de l'aider à la plier. Mais Jean-Baptiste avait son amour-propre. Sa tente, il s'en chargerait. C'était de l'ordre du passage, de l'ordre de l'initiation. Méthodiquement, il commença à extraire les piquets de ce sol qui mêlait terre et sable, le bruit du métal s'extrayant de ces éléments, c'était le son d'un générique de fin. Le dernier piquet enlevé, la tente s'écroula lentement, sans bruit. Et le monde de Jean-Baptiste avec elle.
Mais, il fallait se reprendre et montrer à son père et à sa mère qu'il en était capable. Il plia d'abord la toile dans le sens de la longueur puis dans celui de la largeur. Il se saisit d'un sac et l'y fourra avec difficulté. Lorsque l'opération s'acheva, il se rendit compte

qu'il avait oublié d'y placer les piquets. Quand tout fut terminé, il regarda Isabelle et Patrick. Avec beaucoup de solennité, il leur annonça :
« Je suis prêt. »

Avec son père, ils décalèrent la caravane qui se déplaça avec la lenteur et la majesté d'un éléphant de plastique. Elle fut attelée sans mal à la CX. Jean-Baptiste s'assit à l'arrière de la voiture. La plupart des vacanciers avaient déjà quitté le camping. Personne ne vint leur dire au revoir. La route jusqu'à la maison serait longue, avait prévenu son père, alors ils seraient certainement obligés de s'arrêter plusieurs fois. Il fallait que Jean-Baptiste prévienne suffisamment à l'avance s'il désirait faire pipi. Tout s'éloignait. Isabelle, Patrick et leur fils ressentirent le moment qu'ils vivaient comme quelque chose d'unique, de fort, de dense, d'impénétrable.

Quelques heures plus tard, Jean-Baptiste était assis à une table. La même table. Sa mère se tenait en face de lui.
« Quand je pense que mon grand garçon entre en sixième demain. »
Au moment où cette phrase vint frapper ses oreilles, Jean-Baptiste se mordit nerveusement les

joues. C'était cela. Demain, il entrerait en sixième et tout serait terminé.
Isabelle lui caressa le bras.

La route défilait, les amenant tous les trois vers ce qui était une fin, un achèvement. C'était triste. Mais il y avait aussi de l'espoir. Peut-être.
À l'arrière, Jean-Baptiste regardait les nuques de ses parents dont il n'entendrait bientôt plus ni la voix, ni le souffle, ni les rires. La voiture n'allait pas très vite, peut-être que Patrick cherchait lui aussi à ralentir le temps en diminuant l'allure. Mais les Citroën n'ont jamais permis de remonter dans le passé.
Jean-Baptiste s'avança au milieu, entre les deux sièges :
« Papa, maman. Merci pour tout. Merci pour ces vacances. Je vous aime fort. J'ai l'impression d'avoir vécu le plus beau moment de toute ma vie. »
Une larme coula sur la joue de Patrick. Isabelle lui fit un beau sourire et dit :
« Ce n'est pas une impression, c'est un souvenir. »
Le soir, dans son lit, les bras croisés derrière la tête, Jean-Baptiste observait sa chambre. Tout était là, la Nintendo, l'affiche de Mohamed Ali. Sur une chaise reposaient les vêtements pour le lendemain, un

tee-shirt bleu marine *Fruit of the Loom* et un pantalon léger, beige clair.
Les marches de l'escalier craquèrent sous le poids de son papa. Jean-Baptiste avait rêvé pendant si longtemps d'entendre ce son un jour. Il l'avait espéré pendant toute son enfance, et même une fois, devenu adulte, il l'avait attendu. Entendre le pas de son père qui viendrait lui souhaiter bonne nuit, dans sa chambre. Jean-Baptiste savait que jamais plus cela ne se reproduirait. Ce « bonne nuit », c'était un au revoir. Un rayon de lumière pénétra dans la chambre au moment où il ouvrit la porte. Patrick parla doucement, comme si Jean-Baptiste allait bientôt s'endormir.
« Comment ça va, mon petit chat ?
– Ça va, répondit Jean-Baptiste d'une voix tremblante.
– Tout ira bien, mon grand. Tout ira bien. Fais dodo maintenant. »
Il l'embrassa sur le front.
« Je t'aime, papa.
– Moi aussi, je t'aime. Fais de beaux rêves.
– Je penserai à toi. »
En silence, Patrick quitta la pièce.

Isabelle entra.

« Prêt pour demain, mon coco ?
– Je ne sais pas trop, j'ai un peu peur. »
Jean-Baptiste se retenait de pleurer de toutes ses forces. Son menton tremblait. Il ne voulait pas laisser le souvenir de ses larmes à sa maman. Il voulait qu'elle soit fière de lui. Il voulait qu'elle sache qu'il était un grand garçon.
« N'aie pas peur. Tout se passera bien.
– J'ai peur tout seul, maman. »
Jean-Baptiste prit la main de sa mère et l'embrassa. Les yeux fermés, concentré sur ces doigts qu'il ne voulait pas lâcher, il trouva la force.
« Je t'aime, maman. Au revoir. »

Isabelle se leva et regarda son fils dans son petit lit d'enfant. Paisiblement, elle ajouta :

« Demain, elle sera là. »

ÉPILOGUE

Le lendemain, Anna était là.

Geneviève vit toujours en Bretagne. Elle s'occupe de ses roses et de ses deux arrière-petits-enfants qui viennent parfois lui rendre visite pour les vacances avec Jean-Baptiste et Anna. Elle leur prépare des crêpes et de la confiture d'abricots.

Thibault a été condamné en 2006 à dix-huit ans de prison. Il a repris ses études et a fait l'objet d'un « Faites entrer l'accusé », diffusé en mai 2009 sur France 2.

Après la chute de Jean-Baptiste, monsieur Martin a vendu sa société. Il a rejoint Amaury Sport Organisation, il est notamment responsable, aujourd'hui, de l'accueil des conseillers généraux dans la caravane du Tour de France.

Sophie est maintenant diplomate. À sa sortie de l'École normale supérieure, elle a obtenu le concours du ministère des Affaires étrangères et européennes. Elle est actuellement deuxième conseillère, chargée des relations avec la presse, à l'ambassade de France à Ouagadougou (Burkina Faso).

Claire, son mari Dominique, Constance et Louis ont déménagé dans le Doubs où ils tentent de réhabiliter le château familial. Ils projettent d'y donner des spectacles de type « son et lumières » l'été prochain afin de financer l'installation de nouvelles menuiseries.

Catherine Morel poursuit ses consultations les mardis, mercredis et jeudis à son cabinet.

Jean-Pierre Morel est décédé récemment au cours d'une journée de chasse. Scooby était allongé sur lui lorsqu'on le retrouva.

Et si Jean-Baptiste est né du vent, maintenant, quand il a froid et qu'il craint qu'un fantôme ou un lutin ne viennent le voir dans sa chambre, il ferme les yeux. Il souffle trois fois. Il se serre contre celle qu'il aime, et il pense à l'image de son père et de sa mère sur la plage où leurs mains se tiennent.

Table des matières

Photo de couverture : Mons/Presse Sport

Merci à Pierre Rolland.

Achevé de coudre
en mars 2013 sur
papier Munken en
1 000 exemplaires
sur offset Pulsio
dans la Bulgarie
pleine de roses
*(si l'on en croit
Valéry Larbaud)*

www.ruedespromenades.com

Rue des Promenades